Eine Art zu lesen
Eine Art zu fliegen

GOYA

Das Buch

Es ist einer dieser ersten warmen Abende: Die Luft ist leicht vom Fliederduft und von der Wiese hinter der Villa hört man die Musik, wie sie sich aus den wummernden Bässen immer leichter macht, wie sie hoch in den Himmel steigt, und dann noch höher bis über den nachtschwarzen Wannsee. Dort ist die Nixe zu Hause.

Alle sind da, wieder vereint, alte Freunde, gemeinsame Geschichten, hundert Mal erzählt.

Aber was machen wir, wenn uns ganz plötzlich der Boden unter den Füßen weggerissen wird? Einfach so, von einem Moment auf den anderen? Wir kämpfen. Natürlich kämpfen wir.

Und was machen wir, wenn uns bewusst wird, dass unser Glaubenssatz, dass alles immer weitergeht, irgendwie, und dass am Ende alles gut wird, irgendwie, gefährlich und atemstockend ins Wanken gerät? Jona sagt es laut, er sagt, es wird kein gutes Ende mehr geben. Jona ist elf Jahre alt.

Komm tanzen! nimmt uns mit auf eine Wannseeparty, auf eine Bootsfahrt mit sehr ungewissem Ausgang. Zeigt uns, wo wir stehen. Eine Momentaufnahme unter Freunden, mit Trotz und Träumen, vor allem aber ist es eine Aufforderung. Eine Aufforderung zum Tanz.

LUCIA JAY VON
SELDENECK

Komm tanzen!

ROMAN

GOYA

Das gleichnamige Hörbuch erscheint bei GOYALiT.
Dieses Buch ist auch als E-Book erhältlich.

Besuchen Sie uns im Internet: www.goyaverlag.de

Aus Verantwortung für die Umwelt hat sich der GOYA Verlag dazu
entschlossen, keine Plastikfolie zum Einschweißen der Bücher zu
verwenden.

Zitat aus *Lord Jim* aus: Joseph Conrad. *Lord Jim. Ein Bericht.* Aus dem
Englischen übertragen von Elli Berger. Sammlung Dieterich, Band 396,
Leipzig 1981. © Aufbau Verlage GmbH & Co. KG, Berlin 1981, 2008
Abdruck mit freundlicher Genehmigung.

Zitat aus »Komm Tanzen« aus dem Album *DaDa in Berlin*
von Die Skeptiker. Text + Musik: Eugen Balanskat
Mit freundlicher Genehmigung von Wintrup Musikverlag, Berlin

Kae Tempest, »Grace«. Lyrics appear by kind permission
of Domino Publishing Co Ltd.
Liedtexte mit freundlicher Genehmigung
von Domino Publishing Co Ltd.

1. Auflage 2024
Originalausgabe
GOYA Verlag © 2024 JUMBO Neue Medien & Verlag GmbH, Hamburg

Alle Rechte vorbehalten
Umschlaggestaltung: Rebecca Meyer
Umschlagabbildung: © sunwart / shutterstock.com und
PixelSquid3d/shutterstock.com
Lektorat: Ingola Lammers
Satz: Pinkuin Satz und Datentechnik, Berlin
Gesetzt aus der Minion Pro
Printed in Germany
ISBN 978-3-8337-4708-3

No hope is enough
I've stopped hoping, I'm learning to trust
Kae Tempest: Grace

0.

Der See ist schwarz und tief. So tief, dass da kein Boden ist für uns. Ein endloser, schwarzer Schlund – das ist ihr Reich.

Sie ist stark. Man sieht es ihr nicht an, aber unter ihren langen offenen Haaren, ihren vollen Brüsten und versteckt hinter ihren verführerischen Gesängen, da lauert ihre Kraft. Eine unerbittliche Kraft.

Und sie fordert ihren Tribut. Sie muss ihn einfordern. So will es das Gesetz, das seit Urzeiten besteht. Es besagt: Wer sich an den Schätzen der Nixe vergreift, den holt sie zu sich.

Wir sind machtlos, das Wasser ist zu kalt, zu schwarz, zu bodenlos. Doch dann, kurz bevor wir aufgeben, nichts mehr wollen und schon gar nichts mehr entgegenstellen wollen, da plötzlich erkennen wir, warum sie uns geholt hat.
Wir haben es in der Hand.

Nach der Nacht

Und als die Nacht vorbei war, ging es weiter, natürlich ging es weiter, irgendwie. Zuerst schien alles unwirklich, wie erstarrt, und wenn wir uns wiedertrafen, begegneten sich unsere Blicke, und wir suchten nach Worten, aber wir fanden sie nicht. Also blieb es unausgesprochen. Denn natürlich hatte die Schildhornsage recht, natürlich war nach der Nacht die Welt eine andere.

Und wenn ich jetzt wirklich eine Antwort darauf finden müsste, was nach der Nacht für mich anders wurde, dann würde sie vielleicht in etwa lauten:

Es ging eben nicht mehr einfach weiter, auch nicht irgendwie. Das war vorbei. Es war nicht Jonas Panik vor der Hitze oder seine Angst zu verdursten, die nicht mit der Realität zusammenpassten. Sondern es ging um genau diese Realität. Wir mussten lernen, sie zu begreifen. Denn sie war das Erbe. Und wir waren diejenigen, die es weitergaben.

Das war nicht sofort klar nach der Nacht. Zuerst war es vielmehr eine Art Schwebezustand, so wie wenn man die ersten Takte vom Lied hört, von dem alten, bekannten Lied, diese allerersten Töne, die einen schon in Alarm versetzen, jeden Einzelnen von uns, weil wir es alle spüren: Wir sind bereit und warten nur noch auf den Schub, der von irgendwo ganz tief innen kommt und den man nicht beeinflussen kann. Und dann ist die Bewegung auf einmal da, sie leitet uns, sie führt uns zusammen. Wir verschmelzen in Musik und Tanz, neue Formen entstehen, und auch eine Wucht entwickelt sich, eine gemeinsame Wucht, die wieder andere mitreißen kann.

Und daher war das, was nach der Nacht kommen musste, vor allem eine Aufforderung.

Eine Aufforderung zum Tanz.

I
18:30 Uhr

»Wie findest du es?« In Coras Glas schwimmt ein einziger großer Eiswürfel in einer hellgrünen Flüssigkeit.

Ich schaue meine große Schwester an und sage: »Ziemlich nah dran.« Aber es ist perfekt. Die langen Tische auf der Wiese, die bunten Blumengestecke und dahinter das Ufer mit dem Steg, der mitten hineinführt, hinein in den Wannsee.

Und überhaupt der Wannsee: Auf jeder Welle die tanzenden Lichtflecke, und dazu der Geruch, dieser ganz und gar eigene Wannsee-Geruch, eine Mischung aus Wasser, ein bisschen Schmodder und Benzin und dann noch dieses undefinierbare, algig-frische Etwas, das so in der Nase kitzelt, dass man gar nicht anders kann, als sich auf eine unbeschreibliche Weise befreit zu fühlen.

»Ich möchte auf der Stelle die ganze Welt umarmen«, seufzt Cora und prostet überschwänglich und mit ausladender Armbewegung dem ganzen großen Wannsee zu. Sie hat solche Gesten drauf. Aber sie fühlt auch wirklich, da bin ich sicher, in Momenten wie diesen eine tiefe Verbundenheit und Dankbarkeit. Sie fühlt den Moment.

»Nein im Ernst«, sage ich und seufze übertrieben: »Es ist fulminant. Es würde sofort das *Landlust*-Coverbild des Jahres werden.«

Cora lacht. »Endlich am Ziel.«

Wir stehen nebeneinander und blicken über das Wasser. Ich drücke ihre Hand: »Du siehst toll aus. Alles sieht toll aus.«

Die große Schwester lächelt dankbar. Ich nehme ihr Glas und trinke es in einem Zug leer.

»Basilikum?«

Cora nickt. »Mit Wodka und Sekt. An der Bar nennen sie es russisch Koks. Oder war es flüssiges Koks?«

Ihre Augen funkeln verheißungsvoll und auch ein bisschen besorgt. Ich nehme sie in den Arm und spüre für einen Augenblick ihre Wärme. Sie strahlt auf mich ab. Unsere Körperlichkeit ist unsere Metaebene. Ich kann ihre Verfassung spüren. Umso mehr genieße ich es für einen Augenblick, ihr nah zu sein und sie dabei glücklich zu wissen.

»Und ich dachte, russisch Koks ist Kaffee und Zucker auf einer halben Scheibe Zitrone mit Wodka runtergespült.«

»Nee, das is' doch ein Damengedeck! Das schaltet allerdings das Kurzzeitgedächtnis aus.« Cora schüttelt sich. »Hat mir mal ein Freund aus Wien erzählt. Für ziemlich genau eine Stunde.« Sie lacht. »Und das ist mir echt zu lang.« Sie streicht sich die Haarsträhne aus der Stirn, die eine, die ihr immer wieder ins Gesicht fällt, egal, ob sie die Haare offen trägt, als Zopf oder mit sämtlichen Haarspangen festgesteckt. Diese eine gewellte Strähne befreit sich wieder. Das war schon immer so.

»Kinnings, Schlachsahne!«, ich imitiere die dunkle und immer etwas zu laute Stimme unserer dickbusigen Köchin von früher. Sie hieß Frau Braten. Niemand hat je erfahren, ob das ihr richtiger Name war. Warum bin ich eigentlich nie auf die Idee gekommen, sie das zu fragen, fährt es mir durch den Kopf. Es war eben so.

Wir stehen wie immer auf unserer Position, dicht nebeneinander oben am Treppengeländer, wir umklammern die Stäbe und pressen die Köpfe hindurch, um mehr von der Eingangshalle sehen zu können. Wir haben schon unsere langen Nachthemden an und darüber wie immer die schweren Strickjacken, die so dick sind, dass man die Arme darin kaum beugen kann. Unsere Haare sind gekämmt und mit einer Haarspange ordentlich zur Seite festgesteckt. Und wenn Frau Braten dann diesen Satz sagt, der durch das ganze Haus dröhnt und auf den wir warten wie auf das Glöckchen vom Christkind, dann ist es das Zeichen für uns. Jetzt dürfen wir runterkommen. Denn dieser Satz bedeutet: Der Tisch ist fertig gedeckt, das Essen steht im Ofen, und die Sherrygläser sind auf dem Tablett angerichtet – alles ist genau so, wie es sein muss, wenn die Gäste hereinkommen.

Cora lacht. »Frau Braten würde bestimmt noch was finden, das noch nicht perfekt ist. Zum Beispiel die fehlenden Kinder am Treppengeländer.« Doch wie um dem Gedanken keine zu große Bedeutung zukommen zu lassen, lacht sie laut und stürmt los, um eine Gruppe Freundinnen zu begrüßen, die durch das Gartentor aufs Haus zukommen.

Dass ich vom Schreibtisch direkt hergekommen bin, ohne mich vorher umzuziehen, hat sie großzügig übersehen. Kein Kommentar zu Jeans, Turnschuhen und schwarzer Bluse.

»Hey«, sagt Claire und stellt sich neben mich: »Du brauchst so was alles nicht, Lotte.«

Sie knufft mich in die Seite. »Weil du, du hast *una apariencia.*« Claire guckt mich an und muss über meinen Gesichtsausdruck lachen. »*Sí señor*, du hast dein Lachen. Das ist es. Weil, wenn du lachst, dann lacht auch dein Gesicht. Ja wirklich! Und dann«, Claire macht eine ihrer dramatischen Pausen, »dann sie stäärben alle für dich!«

Wir müssen beide lachen.

Ich kenne Claire noch nicht sehr lange. Sie hat eine kleine Stupsnase mit dunklen Sommersprossen drauf. Und wenn Claire Komplimente verteilt, so wie gerade jetzt, dann guckt sie selbst so überrascht, als habe sie eben erst eine Entdeckung gemacht und könne sie selbst noch gar nicht glauben. Ihr Gesicht besteht dann zur einen Hälfte aus einem Lächeln und zur anderen Hälfte aus Stirnrunzeln, und man kann beim besten Willen nicht sagen, welche Hälfte gewinnt. Es bleibt beim

Unentschieden. Oder nein, meistens steckt sie so jeden zum Lachen an.

Claire und ihr elfjähriger Sohn Jona wohnen seit Kurzem im selben Haus wie wir in Schöneberg, im Vorderhaus. Jona und unser Sohn Paul haben sich im Lockdown angefreundet. Claire hat kurze schwarze Locken und näht sich ihre Kleider selbst. Sie schneidert sich Sachen aus gebrauchten Kleidungsstücken, meistens enge Blusen und weite Hosen im Stil der 20er-Jahre. Und sie verkauft ihre Kleider im Internet und auf Märkten. Heute trägt sie einen Overall aus Ballonseiden-Trainingsanzügen. Und jeder, der uns auf der Wiese entgegenkommt, bleibt mit dem Blick an dieser türkisgrünen Erscheinung hängen.

Niemand weiß genau, woher Claire und Jona gekommen sind. Claire spricht Spanisch, aber sie hat einen französischen Namen und einen etwas französischen Akzent.

Sie sagt: »Jetzt, du verstehst: jetzt, ich bin hier.«

Und dann guckt sie derart überrascht, dass man selbst nicht auch noch überrascht sein kann. Der Lockdown kam, und Claire, die eigentlich nicht bleiben wollte, blieb. Und als ich heute im Hof von der Party am See erzählt habe, hat sie so sehnsüchtig und ungläubig geguckt, dass Peer und ich lachen mussten. Peer hat sich dann bereit erklärt, zu Hause bei Paul und Jona zu bleiben.

Alle sind aufgekratzt wie Kinder vor dem Eisladen. Und Cora hat keinen Anlass heraufbeschworen, sondern den Moment zum Anlass erkoren.

»Wieso Geburtstag?«, sagt sie zu den Gästen. »Der Sommer ist ja wohl immer noch der beste Grund, um zu feiern!«

Die Vorfreude auf diese Nacht ist mit beiden Händen zu greifen, so voll ist die Luft von ihr. Der Garten ist inzwischen kaum noch zu sehen vor lauter Menschen. Diese Nacht muss so viel wiedergutmachen, dass es ein Wunder ist, dass diese Anspannung überhaupt auszuhalten ist.

Aber feiern können wir. Das ist eine Gewissheit, die wir alle nur so versprühen. Sie flirrt durch die Abendluft und setzt sich auf jeden Grashalm und auf jede Fliederblüte. Das Feiern, die gemeinsame Zeit hält uns zusammen und gibt uns Sicherheit: Es geht weiter mit uns.

Das war schon immer so. Ja, dann sind wir in unserem Element: Tom zum Beispiel. Tom tanzt und tanzt und tanzt, und egal, ob die warme Morgensonne nach der Party schon zum Fenster reinknallt oder ob wir an Silvester die Sekunden runterzählen und vor lauter Übermut schon damit beginnen, noch bevor die Teller und Töpfe vom Tisch sind, so wie wir seit jeher, niemand weiß mehr genau, wann es anfing, unseren Turbojahreswechsel die ganze Nacht lang immer wieder zu jeder vollen Stunde feiern: Wir überspringen mit jeder Stunde die Jahre und setzen uns über Zeit und Raum hinweg. Und Tom tanzt. Und Cora schart die Männer um sich, und sie lacht, und alles wirkt so leicht und glücklich. Eine Fee, denke ich, darf aber nicht ins Schwärmen geraten. Denn ich, ich bin ja immer die, die trotzdem alles im Blick behalten muss. Es klingelt. Die Polizei. Alle rufen: »Lotte! Lotte, schnell, du musst das machen, Biiiiitte« – und schon sind sie wieder weg, sie tanzen und flirten und lassen mich das machen. Und ich schaffe es immer, irgendwie, ohne eigentlich zu wissen, wie das geht oder was auf dem Spiel steht.

»Lotte heiratet bestimmt mal einen Polizisten«, sagen sie. »Die Bullen stehn auf dich, Lotte, du musst sie nur anlächeln.« »Perfekte Voraussetzung für die Verbrecherkarriere«, sagt ein anderer. »Aber nicht doch«, sagt Cora, »Lotte ist viel zu schlau. Meine kleine Schwester rettet mal die Welt.«

Ich ziehe die Schuhe aus und gehe barfuß über die Wiese zur Bar. Es ist nach einem nicht enden wollenden Winter ganz plötzlich Sommer geworden. Noch ganz ungläubig fühle ich das Gras mit den Füßen, spüre die Erde darunter und registriere die wiederkehrende Verbundenheit. Und auch, wie sehr sie gefehlt hat. Die Bar besteht aus langen Brettern über aufgetürmten Getränkekästen. Die dicken weißen Tischdecken und die bauchigen Vasen mit je einer Armvoll Flieder darin lassen die einfache Konstruktion würdevoll und elegant aussehen. Wahren Stil kann man nicht kaufen, hat unsere Tante immer gesagt. Hinter der Bar lassen die Birken ihre hellgrünen

Blättervorhänge hin und her wehen, sodass sich immer wieder dieses eine kleine Guckloch auftut, durch das man auf den See gucken kann. Das Blinzeln der letzten Sonnenflecken auf dem Wasser durch die Birkenzweige hindurch erschüttert mich. Ich fühle mich plötzlich aus dem Zusammenhang gerissen. Dieses Grün von überallher blendet mich, ich kann es nicht aufnehmen, ich fühle mich ungelenk und vollkommen außerstande, mich auf diesen Abend einzulassen.

Was machen wir hier? Was versprechen wir uns von diesem Abend? Ich möchte mich davonschleichen und niemanden sehen, und schon gar nicht kann ich die Kraft für diese lange Nacht aufbringen, die vor mir liegt.

Doch dann ist der Moment auch schon wieder vorüber, so, als hätte ich nur kurz die Luft angehalten. Ich nehme mir ein Bier. Kleine Grasbüschel zeigen sich zwischen meinen Zehen, wenn ich sie in den Boden grabe. Ein Gänseblümchen quetscht sich mit hindurch. Ich pflücke es und stecke es in das Knopfloch meiner Bluse. Ein bisschen Stil muss sein.

Ein Caterer baut neben der Bar ein Buffet auf. Den Blick auf das Wasser kenne ich inzwischen gut. Wenn meine große Schwester anruft, dann fahre ich mit der S-Bahn die Strecke durch den Wald, bis es sich schließlich so anfühlt, als habe man die Stadt schon seit Stunden verlassen. Ich nehme mir die Bücher mit und lese sie in der Bahn. Ich habe das Bahnfahren so in meinen Arbeitsrhythmus integriert, dass es mich nicht weiter stört. Ich habe es verinnerlicht, für meine große Schwester da zu sein, wenn sie mich braucht.

Ich sitze im Kinderzimmer an ihrem Bett. Die Vorhänge sind zugezogen, es ist ganz dunkel. Cora hat 39,8 Grad Fieber. Mal wieder. Ich halte ihre Hand, sie glüht. Immer sind es 39,8 Grad Fieber, und kein Arzt kann sagen, was der ältesten Tochter fehlt. »Die Pubertät vielleicht«, mutmaßt ein zurate gezogener Onkel, »sie äußert sich manchmal auf skurrile Weise. Der Körper arbeitet eben. Es geht vorbei.«

Aber es ging nicht vorbei, sondern meldete sich immer wieder. 39,8 Grad.

»Wir sind wieder da-ha!«, schreit Bulle und rennt in einer weißen Unterhose an mir vorbei und rein ins Wasser. Bulle ist klein, kahlköpfig, aber überall sonst sehr behaart, und er trägt schon immer seine weißen »Schlüppi«, genau wie den, den er jetzt gerade allen präsentiert. Ich kenne niemanden, der Bulle nicht sofort lieben würde. Und er würde sich gleichermaßen sofort für jeden von uns aufopfern. Bulle hat eine Bar, die nicht größer ist als zwei, drei Bushaltestellen, ein riesengroßes Herz und immer einen guten Spruch. Er kommt aus Brandenburg an der Havel. »Ich bin hier der Quoten-Ossi und nebenbei für die Stimmung zuständig«, sagt Bulle, wenn er sich vorstellt.

Es sieht lustig aus und etwas unbeholfen, wie er ins Wasser stakst, zum einen weil das Wasser noch kalt ist und zum anderen weil das Wannseeufer voller piksender Wasserpflanzen ist, die man von außen nicht sehen kann, die einem die Lust am Badengehen allerdings schnell verderben können. Aber Bulle lässt sich nichts anmerken, und das wiederum setzt etwas frei, eine Bewegung, einen Tumult sogar. Die meisten lassen sich anstecken und rennen hinterher. Auch Cora lässt sich das nicht zweimal sagen. Sie rennt über den Steg und springt ins Wasser.

Es ist kalt. Ich schnappe nach Luft. Es ist kalt und nass und herrlich. Cora hat Claire und mich einfach mitgezogen, und ohne dass ich es richtig mitbekomme, bin ich im Wasser.

Der Wannsee ist groß, und das lässt er einen spüren. Er ist die Havel, die sich hier am Rand von Berlin mächtig ausbreitet, sodass man das andere Ufer kaum erkennt, so als wolle sie auch mal Großstadt spielen, einmal kurz Wasserweltstadt, bevor sie sich dann hinter Potsdam wieder auf ihre wahre Berufung besinnt und sich weiter bescheiden als mittelmäßig großer Fluss durch den märkischen Boden schlängelt. Aber dieses Reich unter der Wasseroberfläche können wir nicht fassen. Es übersteigt unsere Vorstellungskraft. Daher begnügen wir uns mit den kräuselnden Wellen, mit dem, was der Wannsee von sich zeigt, was er gewillt ist, uns preiszugeben.

Um die Beine herum kratzen die piksigen Pflanzen. Claires entsetzte Blicke, die mich jetzt über dem Wasser treffen, sagen alles. Ich verdrehe die Augen. Wer weiß, vielleicht ist das ja auch normal. Zum Baden geht man jetzt eben über den Steg, im tieferen Wasser sind die kratzenden Dinger nicht mehr zu spüren. Am Ende des Sommers muss man allerdings mit dem Surfbrett raus-paddeln, um ihnen zu entkommen.

Oder, wie Coras Mann Robbie uns stolz präsentiert hat: Gitter. Er hat sie selbst gebaut und will sie auf dem Boden befestigen, damit dort nichts mehr wachsen kann.

Ich muss an ein Foto denken, das Robbie oder Cora im letzten Sommer gepostet hat. Unter dem wunder-schönen Wannsee-Bild mit Segelboot und Sonnenun-tergang schrieb jemand: »Schlimm die Algen«, und ein anderer antwortete: »Ja schlimm«.

»Wir sind die Anpassungswunderwerke«, hat Marta neulich gesagt. Marta ist unsere älteste Freundin. Sie lebte schon als Kind im Haus neben uns und sah immer schon so aus wie heute: drahtig, klein und mit dunklen, roten, unzubändigenden Locken auf dem Kopf. Marta, Cora und ich sind eine Einheit, schon immer gewesen.

Wieder auf der Wiese: Das Schreien und Lachen lässt nach, die Musik übernimmt jetzt das Kommando und schickt ihre unmissverständliche Aufforderung, alles an-dere für heute Nacht einfach gut sein zu lassen, bis hoch in den Himmel und weit, weit über das Wasser hinaus.

»Ein Himmelfahrtskommando«, murmele ich ge-dankenversunken.

»Was ist das?«, fragt Claire neugierig. Sie prostet mir zu. Wir haben die nassen Sachen noch an, sie kleben an uns wie eine alte Haut, die darauf wartet, abgeworfen zu werden, aber die Catering-Leute haben schon wieder neue Drinks verteilt.

»Eigentlich was anderes: Eine Aktion, die nicht gut ausgeht, oder vielleicht sogar mehr noch: eine, bei der alle Beteiligten sterben, also man könnte eigentlich sagen: kein Happy End, oder sogar: alles andere außer ein Happy End.«

»Also so was wie eine *misión suicida*.« Claire trinkt ihr Glas aus. Sie ist ernst geworden. »Jona denkt, das ganze Leben ist eine Himmelfahrt, wie du gesagt hast.«

Robbie hat die Lichterketten in den Bäumen angeknipst, und jetzt sind er und Cora genau dort, wo sie am liebsten sind. Sie lachen, sie tanzen, sie lassen sich von ihren Gästen feiern.

Die Sonne ist ein glühendes orangenes Ding, sie überzieht alles ohne Unterschied, alles muss mitglühen, alles wird noch einmal eingetunkt in Licht und Verheißung. Von den Fenstern des Hauses reflektiert das Orange zurück, es verdoppelt, verdreifacht, verzehnfacht sich, Glühfaktor 10.

Sie tanzen und lachen,
sie sind frei von Schuld.
Später werden sie sich nicht erinnern
können, er wird ihnen entgleiten, ganz
und gar unvollkommen wird er sein,
dieser Moment.
Und das, obwohl er ihnen jetzt durchaus
vollkommen scheint, ja geradezu perfekt.
Doch im Rückblick wird ihnen etwas fehlen.
Denn sie sind es, die anders sein werden. Sie werden
nicht mehr die sein, die sie waren, als sie auf der
Wiese tanzten unter den bunten Glühbirnen
und vor dem orangenen Sonnenuntergang.
Sie werden sich das Leben vor dieser
Nacht nicht mehr vorstellen können.
Es werden bloß noch Bruchstücke sein,
lose, unzusammenhängend und ohne Sinn.
Sie lassen sich nicht mehr zusammenfügen.
Sie passen nicht mehr.

Draußen auf den Wellen, die sich in der
abkühlenden Abendluft etwas beruhigen und
von einem quirligen Kräuseln langsam in ein
weiches Wippen übergehen, dort, kurz hinter
der Schilfgrenze, schwimmt ein Boot, ein Kahn
vielmehr. Zwei Fischer stehen darin, stoisch,
breitbeinig und vollkommen unbeweglich.
Sie halten mit beiden Händen ihre Angeln
fest. Sie blicken immer wieder kurz hinüber zu

den Lichtern auf der Wiese, das Flackern der untergehenden Sonne in den Fenstern blendet sie, sie hören das an- und abschwellende Raunen der vielen Stimmen, die der Wind zu ihnen rüberweht, hier und da unterbrochen von aufbrausendem Gelächter.

»Was machen die?«

»Sie reden.«

Angel auswerfen.

»Was reden sie?«

»Wahrscheinlich über sich.«

»Alle?«

»Schätze.«

»So viele ...«

Eine minimale Bewegung im Wasser, konzentriertes Schweigen.

»Und was dann?«

Schulterzucken.

»Kann man nicht wissen. Noch nicht.«

»Beißt einer?«

Schnur einholen.

»Nein.«

Angel auswerfen.

»Noch nicht.«

II

19:15 Uhr

Die rot-weißen Fliesen in dem kleinen Bad neben der Haustür sind uralt. Kleine feine Risse in den Steinen zeugen von früheren Erschütterungen. Ausschweifende Kleider, versuche ich mir vorzustellen, strenge enge nationale Röcke, denke ich weiter, während ich mich aus der nassen Hose schäle, alles haben diese Fliesen schon gesehen. Und alle, die in diesen Kleidern steckten, hatten ihre Sorgen.

Die große Schwester hat ihre eigenen Mechanismen entwickelt, wie sie sich am besten vor den Dingen oder Menschen schützt, den Nachrichten oder Gedanken, die ihre Welt aus dem Einklang bringen wollen. Nur manchmal geht es eben nicht, dann hilft es nicht, den Kopf in die andere Richtung zu drehen. Dann kann sie sich nicht mehr wehren, dann hat die böse Hexe das Sagen.

Wir hocken auf den Steinstufen, die vom Garten in den Keller führen. Die Hexe sehen wir genau vor uns: Sie hat ein grünes Kopftuch umgebunden, einen Umhang, der vor lauter Flicken ganz bunt ist, eine sehr lange spitze

Nase und Haare bis zu ihrem übergroßen dicken Po, ein richtiger Schwabbelpopo ist das.

Wir müssen kichern, wenn wir uns die Hexe mit Schwabbelpopo vorstellen. Sie fliegt auf einem alten Besen und ist gemein. Sehr gemein. So gemein, wie man es sich fast nicht vorstellen kann. Sie will, dass Cora an nichts anderes mehr denken kann als daran, dass alles schlimm ist. Dass es keine Rettung gibt. Die Hexe wohnt im Keller, ganz hinten, am Ende des langen Ganges, da, wo es keinen Steinboden mehr gibt, nur noch festgetretenen Sand. Hier ist die Welt, wie wir sie kennen, zu Ende. Das spürt man: Es ist immer kalt, und es riecht nach dunkler, schwerer Erde. Hier gelten andere Gesetze. Und dort, in einem Verschlag aus alten Brettern, da lebt sie. Die Hexe lacht, und wir rennen schreiend über den Kellergang, stolpern vor der Treppe übereinander, kommen irgendwie oben an, schlagen die Tür zu und schieben gemeinsam den großen Riegel vor. Wir keuchen und schnappen nach Luft, aber wir haben es geschafft. Die Hexe ist eingesperrt.

Aber die Hexe findet ihren Weg aus dem Keller, jedes Mal. Sie will uns das Leben schwermachen. Die große Schwester sagt, dass sie sich gezwungen sieht, in alte patriarchale Muster zurückzufallen. Das Bild von ihr als Ehefrau in einer Villa am Wannsee gefällt ihr nicht. Gleichzeitig leidet sie, genau wie Robbie, sehr darunter, keine Kinder zu haben.

Ich nicke. Ich höre zu. Sie hat fast alle ihre Sachen in der Wohnung am Hackeschen Markt stehen gelassen.

Sie möchte so viel anfangen, anpacken. Sie überschlägt sich und kann sich nicht befreien, es ist eine endlose Schleife.

Und wir hören, wie die Hexe kichert.

Robbie und Cora klammern sie sich mit aller Kraft an Momente wie diese, an ihre Freunde, das Feiern, an das Versprechen der Nacht.

Und die Feste, die gab es hier in diesem Haus bestimmt auch schon zu allen Zeiten, trotz der Sorgen, und auch die Feste haben die Fliesen hier im kleinen Bad mitbekommen, auf ihre Art. Ich stelle mir verbotene Küsse und Drogenkonsum in der Vergangenheit vor und ziehe ein gestreiftes Kleid von Cora an. Sie hat ihren halben Kleiderschrank aus dem Fenster segeln lassen. Einige Kleider hängen noch als bunte Fahnen in den Weinranken an der Hauswand. Das Kleid ist weit und kurz und hat Puffärmel. Ich überlege kurz, wie das jetzt mit mir zusammenpasst, aber ich komme zu keinem Ergebnis. In der Garderobe schnappe ich mir noch Coras dunkelgraue Fliegerjacke, das gibt mir das Gefühl, dass es jetzt wieder stimmt.

»Du bist nicht für sie verantwortlich«, hat die Homöopathin mit Nachdruck gesagt, zu der ich wegen eines Hautausschlags gegangen war. Ich musste schlucken, die Tränen waren so schnell da, dass ich nicht darüber nachdenken konnte. Dieser Satz hörte sich so einfach an, so schlicht und so richtig. Immer wieder höre ich ihn, er hallt nach in meinem Innern. Ich versuche mich daran zu halten, immer wieder und wieder.

Aber die Wirklichkeit ist anders, sie ist das genaue Gegenteil.

Die Terrasse ist inzwischen voller Gäste.

Tom hakt sich bei mir ein. Er blickt auf das Kleid und nickt belustigt und anerkennend.

»Keine Langeweile?«, fragt er.

»Keine Spur.«

»Aber«, füge ich hinzu, »als etwas, das aus einer tiefen Langeweile, auch genannt ›Berliner Winter‹, entstanden ist, als Forschungsgegenstand durchaus nicht zu verachten.« Ich habe mich daran gewöhnt, dass mich alle mit meinem Dissertationsthema aufziehen.

»Hoch lebe die Langeweile!«

»Guter Titel«, lobe ich.

Ein fröhlicher Trubel zieht an uns, erfasst uns, will uns mit sich reißen. Wir lachen. Wir stolpern hinein und werden einfach mitgespült von einer riesigen sprudelnden Welle:

Nee, oder? Du auch hier? Wannsehn wir uns wieda? Haha. Party ist wie Fahrradfahren. Kaum zu glauben! Du siehst toll aus! Ist Peer auch da? Da hinten geht gleich der Mond auf! Was issn das für ein Drink? Quatsch, das ist nicht der Mond, das ist Bulle, der ist noch im Wasser. Wo gibt's denn das Essen? Hier halt mal! Echt jetzt? Wo ist deine Schwester? Wurde aber auch Zeit. Russisch Koks? Oder lieber Bowle? Freu mich so. Kinder, Kinder! Lass dich küssen! Endlich wieder küssen! Die ganze Nacht könnt' ich nur küssen! Los, erst mal alle zur Bar!

Ich blicke zu Tom hoch.

Er hat sich eine bunte Brille aufgesetzt, die zusammen mit den Kleidern auf die Wiese gesegelt ist. Seine dunklen Locken sind seit Kurzem schneeweiß. Er ist der schönste Mann, den ich kenne, deshalb muss man ihn manchmal einfach ansehen. Wenn man neben Tom auf der Straße läuft, dann kann man beobachten, dass Menschen stehen bleiben, einfach, um ihn anzusehen. Das hat er seiner Mutter zu verdanken. Sie ist Iranerin und von einer umwerfenden Eleganz.

Tom hat immer Beziehungen, mit Frauen und mit Männern, aber keine von Dauer. »Meine Langzeitbeziehung«, sagt er, »das seid doch ihr.«

»Die liebe, liebe Lotte«, sagt Tom und strahlt mich an. Wie immer frage ich mich, ob er das bei allen anderen auch so macht oder nur bei mir. Ich fühle mich aber dennoch jedes Mal geschmeichelt, dass er sich so freut, mich zu sehen.

»Ich kann es immer noch nicht glauben. Wir alle hier«, er gibt sich überwältigt. Marta hat gesagt, dass Tom mal in mich verliebt war, unsterblich hat sie es genannt, irgendwann damals in der WG im Wedding. Ich habe davon nicht viel mitbekommen, denn das war zu der Zeit, als Peer auftauchte. Und das war alles, was ich damals noch mitbekommen habe.

»Ich hab was für dich.« Tom ist Regisseur und Autor. Wann immer er auf etwas stößt, das auch nur irgendwie im Entferntesten zu meiner Dissertation passen könnte, schneidet er es aus, kritzelt es ab, hebt es für mich auf.

Er packt einen kleinen Zettel aus und überreicht ihn mir feierlich. Heute ist es sogar ungewöhnlich konkret:

»Billy Wilder: Es gibt drei wichtige Regeln beim Filmemachen. 1. Du sollst nicht langweilen! 2. Du sollst nicht langweilen! 3. Du sollst nicht langweilen!«

Er grinst mich an. »Das hatte Wilder über seinem Schreibtisch an der Wand hängen. Ich dachte, das hilft dir vielleicht.«

»Ja«, sage ich, »das ist schön. Und aus deinen Zetteln mach ich übrigens irgendwann noch ein eigenes Kunstwerk zum Thema.«

»Also ich find's spannend, dein Thema, wirklich«, sagt Tom, »weil, wenn man mal darüber nachdenkt, was mit uns passiert, wenn wir gezwungen werden, Langeweile auszuhalten, ganz plötzlich, also mitten im Fluss, und uns dann selbst gegenüberstehen: Ich, im Hier und Jetzt.« Tom hält inne und tut so, als sehe er die Umgebung zum ersten Mal. »Hey, eigentlich ist das doch überhaupt das Thema der Stunde. Wir stecken doch auch irgendwie fest gerade, wissen weder vor noch zurück, haben keinen blassen Schimmer, wie es weitergehen soll ...«

»Was meinst du?«, frage ich vorsichtig. Ich will ihn nicht unterbrechen, will nur mehr aus ihm rausholen.

»Und dann kommt vielleicht so was wie die Befreiung, so was wie das Rumreißen vom Ruder, verstehst du? Mir kommt es manchmal so vor, als warten wir nur drauf, endlich wieder weitermachen zu können. Vielleicht sollte man einen Film über dieses Moment machen ... Aber er darf nicht zu langweilig werden ... «

»Oder eben gerade doch!«, rufe ich, und Tom strahlt mich an.

Tom gibt mir Sicherheit. Eine alte und bekannte Sicherheit.

Immer wieder fühle ich mich fremdgesteuert und habe Angst, fehlgeleitet zu werden. Die Sache mit der Promotion war auch nicht wirklich meine Entscheidung gewesen. Ich hatte bloß keine bessere Idee, was nach dem Studium kommen sollte.

Und dann war da De Heere. Der Professor forscht selbst zum Thema Langeweile, zum Teufelskreis der Langeweile, wie er es nennt. Er möchte aufzeigen – und das allerdings in teilweise mehr als fragwürdigen wissenschaftlichen Selbstversuchen –, dass der Mensch durch die Langeweile, der er seit der Industrialisierung ausgesetzt ist, zwar einerseits mehr Kunst und Kultur hervorbringt, aber andererseits eben auch auf den Abgrund zurast, indem er viel mehr Ressourcen verbraucht, als es das natürliche Gleichgewicht erlaubt. Nur um der Langeweile zu entkommen.

»Aber die Kunst«, De Heere wurde damals in seinem Zimmer in der Uni, in welchem er seine berühmten Langeweile-Ecken eingerichtet hat, richtig euphorisch, »die Kunst«, sagte er mit funkelnden Augen, »kann wirklich ein Mittel sein. Denn sie kann das Kippmoment einleiten. Sie kann uns rausholen aus der Endlosschleife und zeigen, wo wir stehen. Sie kann uns mit

Langeweile positiv konfrontieren. Und: ohne dass wir ihr gleich wieder entwischen können!«

Ob wir dann auch handeln, sei noch zu untersuchen.

»Kunst als Ergebnis des Hiatus ›Mensch in der Leere‹«, murmelte De Heere noch vor sich hin und machte sich ein paar fahrige Notizen in ein Buch hinein, das gerade in seiner Reichweite lag. »Und«, sagte er, wieder an mich gewandt, »natürlich als Katharsis, natürlich.«

Er schlug also vor, dass ich mich für ein Stipendium bewerben solle. Und das ging dann irgendwie ganz von alleine. Ich stand daneben und sah zu, wie alle anerkennend zu meinem Themenvorschlag nickten. Langeweile in der Gegenwartskunst. Das geht mir oft so, ich stehe neben mir und sehe zu, wie mir die Dinge passieren.

»Du bist eben ein zufriedener Mensch«, sagt Peer. »Du haderst nicht, du versuchst nicht sinnlos irgendetwas zu erreichen und musst nicht an dir und der Welt verzweifeln.« Wenn Peer das sagt, klingt es ein wenig herablassend. Denn Peer selbst spielt natürlich in einer ganz anderen Liga. Peer ist schon zufrieden mit sich und der Welt, wenn er ein Rotkehlchen sieht und es sich für ein paar Momente beobachten lässt. Und die Sicherheit, die er ausstrahlt, die überwältigt mich jedes Mal aufs Neue.

Aber manchmal fühle ich mich wie gefangen. Irgendjemand hat mal gesagt: Solange alle Bedürfnisse gestillt sind, gibt es keine Notwendigkeit zu handeln.

Auf einmal verspüre ich den Wunsch, meine Zufriedenheit abzuschütteln, sie wegzusprengen. Ich will nicht länger zusehen, wie sie mich gleichgültig werden lässt.

»Also müssen wir Billy Wilder sagen, dass Unterhaltung bloß Ablenkung ist?«

»Nee!«, sage ich, ohne lange nachzudenken. »Unterhaltung muss ja schließlich die Inhalte liefern, die dann in Momenten der Langeweile zu uns zurückkehren.«

Tom lacht laut auf. »Du denkst eben immer schon einen Schritt weiter!« Wir stoßen übermütig mit einem kleinen Becher Bowle an und nicken uns verschwörerisch zu.

»Mir ist alles recht. Hauptsache, ich erscheine in deiner Arbeit in DANK AN.« Er fährt mit geschwollener Stimme fort: »Tom, für ungebremste Inspiration und dass er immer an mich geglaubt hat.«

Er gibt mir übermütig einen inbrünstigen Kuss auf die Stirn.

»Und jetzt macht die Langeweile eine Pause. Der Winter ist vorbei, ich kann den Sommer riechen! Komm tanzen!« Tom strahlt mich an, er zieht mich weiter, bis auf die Tanzfläche. »Diese Nacht gehört uns! Die kann uns niemand mehr nehmen, Lotte. Niemals!«

Und wir tanzen. Und die Chemical Brothers unterstreichen alles mit ›Let Forever Be‹.

Neben uns tanzt Cora. Sie ist vollkommen in die Musik versunken, sie macht das Unmögliche möglich: Sie ist gleichzeitig nicht da und trotzdem der Magnet. Mittendrin albern Bulle und Claire zu der Musik herum. Claire hüpft wie ein türkiser Flummi herum, unmöglich, ihr in einzelnen Bewegungen zu folgen, und Bulle legt sich ins Zeug, registriere ich – die Vorstellung gefällt mir.

Gerade hält er inne, um Claire in seine größte Kunst einzuführen: »Den Sachbearbeiter« haben wir es genannt. Dann spricht er den typischen langgezogen-näselnden Jargon der Berliner Ämter, die Brust vorgestreckt und den Zeigefinger erhoben, die Miene undurchdringlich, unerreichbar: »Darf ich Ihnen hiermit die Aufforderung zu einer gemeinsamen Abfolge rhythmischer Bewegungen des menschlichen Körpers überreichen? Zwecks Übermittlung von freudigen Empfindungen?«

Claire schlägt hilflos die Hände über dem Kopf zusammen. Sie fasst Bulle an die Schultern, schüttelt ihn. »Let's dance!«

»Meine Worte«, ruft Bulle zurück. »Sie hat es!« Er dreht sich strahlend um. »Kinder, dafür steh ick morgens auf! Holt euch 'ne Brause, wir sehn uns nach der Pause!«

Auf der anderen Seite der wippenden und wogenden Wolke aus tanzenden Menschen ergreift Tom Coras Hände, und beide verschmelzen, ihre Arme und Beine, ihre ganzen Körper bewegen sich im Einklang, jede Bewegung ergibt einen Sinn, führt über zur nächsten, es ist sogar mehr, eine Unterhaltung, die alleine nie möglich wäre. Ich bleibe am Rand stehen und bewundere dieses pulsierende Kunstwerk mitten auf der leicht abschüssigen Wiese zwischen Haus und Wasser.

Das Haus ist hell beleuchtet. Die vielen verspielten Schnörkel, der runde Turm, der an einer Seite in den Himmel ragt, und die übermütigen Erker rundherum lassen es wie eine niedliche Puppenburg aussehen. Der Schwager verwaltet das Vermögen seiner Familie. Ich muss grinsen. Bei meiner Wiener Urgroßmutter und den Urgroßtanten gab es diesen Spruch, wenn ein Anwärter auftauchte, der um die Hand einer Tochter in der Familie anhielt: »Hat er was – oder tut er was?« Robbie wäre ein guter Kandidat gewesen, einer, der nichts tun muss, von denen gab es schon damals nicht sehr viele. Eine gute Partie.

Der Schwager ist charmant, aber auf eine äußerst lässige Weise. Er ist ein wenig füllig, und wenn er läuft, dann sieht es immer so aus, als schiebe er sich selbst mit seinen Schulterbewegungen vorwärts. Seine Augen strahlen dabei jeden an. Er ist immer liebenswürdig. Das kann einen wahnsinnig machen. Wir haben alles versucht, ihn aus der Reserve zu locken! Aber er ist nicht davon abzubringen, auch nicht unter Alkohol- oder Drogeneinfluss.

Geld ist für ihn einfach da. Geld ist kein Thema und kein Grund, eine Entscheidung zu treffen oder nicht zu treffen. Bevor Peer seine Stelle bei der Naturschutzstiftung bekam, hat uns Robbie ein paarmal ausgeholfen. Peer hat sich dagegen gewehrt, aber Robbie hat einfach gesagt: Es ist kein Thema – und hat sich kurz an Peer angeschmiegt, eine Geste, die er sich angewöhnt hat, eine Mischung aus Verlegenheit und Großherzigkeit. Ich muss bei Robbie immer an ein riesengroßes Bärtierchen denken oder an Samson aus der Sesamstraße.

Wir sitzen auf der Terrasse, es muss vor vier oder fünf Jahren gewesen sein, in einem der ersten Sommer in dem neuen Haus am Wannsee. »Am Wochenende war ich auf einem Seminar«, erzählt Robbie stolz. Seine Mutter ist zu Besuch. Die Stimmung ist etwas angespannt, wie immer in ihrer Gegenwart.

»Es ging um sinnvolles Geldanlegen. Also Geld stiften, Geld spenden – aber so, dass man auch was bewirken kann. Und trotzdem anlegt. Wir sollten für uns Themenbereiche definieren, die für uns wichtig sind, die uns interessieren.«

»Das ist doch ausgemachter Quatsch«, entgegnet die Mutter, die seit dem Tod von Robbies Vater gemeinsam mit ihm das Familienvermögen verwaltet. »Das Vermögen ist dazu da, vergrößert zu werden. So viel wissen wir doch wohl alle übers Wirtschaften.«

Robbie schenkt ihr Wein nach und sagt beschwichtigend: »Ach, weißt du, so langsam verstehe ich etwas, nämlich, dass es nicht immer nach dem gleichen Muster ablaufen muss.«

Cora nimmt seine Hand und spricht aus, was sonst niemand anzusprechen wagt: »Wir müssen uns vielleicht damit abfinden, dass wir keine Kinder haben werden.«

»Also, das alte Werte-Schaffen und Werte-Weitergeben wird es so nicht länger geben, also im traditionellen Sinn. Aber im Seminar hieß es, dass das ja auch eine Chance sein kann!« Er strahlt uns alle an. »Die Kette bricht ja nicht ab, sondern sie wird länger, versteht ihr? Sie wird erweitert um viele neue Stränge.«

»Wow.« Ich bin wirklich beeindruckt, dass er seine Enttäuschung darüber, dass sein für uns alle so offensichtlicher Wunsch nach Kindern wahrscheinlich nicht mehr in Erfüllung geht, so positiv besetzt.

»Ja«, sagt Cora und lacht, »tolles Seminar, oder?«

»Ich will die Verantwortung annehmen, und wenn es nicht für das Studium der eigenen Kinder ist, ihr wisst schon, dann muss ich doch etwas anderes suchen«, Robbie kommt richtig in Fahrt, doch dann blickt er zu seiner Mutter, die sichtlich nicht erfreut ist, und wird wieder zögerlicher. »Glaubst du, du kannst das verstehen?«

Doch sie bricht das Thema ab. Das haben wir gelernt. Wenn etwas nicht sein darf, dann wird auch nicht darüber gesprochen. Dann gehört es sich nicht.

Ich bewundere den Schwager dafür, dass er so selbstverständlich mit seiner Herkunft und seinem Vermögen umgeht. Als Kind wünschte ich mir nichts mehr, als in einer normalen Familie in einem normalen Haus zu wohnen. Uns hingegen kannten alle. Wir waren die Professorenkinder. Bei uns zu Hause war es anders. Wir mussten Tischmanieren lernen und mindestens ein Instrument spielen.

»Tadamdam Tadamdam Tadadadadadaaa dadadada-
daaa dadadadadadaaam. Ein Menuett! Hörst du?« Die
Klavierlehrerin ist aufgestanden und wiegt sich jetzt
im Menuettrhythmus durchs Zimmer. Ich starre sie
an. Hat sie es gar nicht mitbekommen? Das ist doch
nicht möglich? Da, klatsch!, schon wieder: Ein weiterer
Matschball fliegt von außen gegen die Fensterscheibe
direkt neben dem Klavier. Die Lehrerin zuckt zusammen und wiegt sich dann weiter. Ich höre die anderen
Kinder hinter den Jasminbüschen laut lachen. Dann
klatscht die nächste Schlamm-Blätter-Bombe gegen
das Glas. Es tut weh, nicht körperlich, aber es schmerzt
trotzdem, es sitzt irgendwo im Hals, gleich unter dem
Schlucken. Wehren dürfen wir uns nicht. Denn wir
dürfen uns nicht über sie stellen, hat unser Vater erklärt.

Mein erster Freund hat mal gesagt: Du kannst machen,
was du willst. Du hast alle Möglichkeiten. Ich verstand
damals nicht, was er meinte. Für mich hat es sich mein
ganzes Leben lang genau andersherum angefühlt. Die
anderen Kinder durften tun, was sie wollten, aber mir
wurde fast immer alles verboten.

Claire löst sich aus der Musik und kommt auf mich zu.
Sie strahlt und gerät ins Stolpern auf der abschüssigen
Wiese. Instinktiv breite ich beide Arme aus, ich möchte sie auffangen, damit sie sich nicht wehtut, falls sie
stürzt. Aber als sie bei mir angekommen ist, wird Claire
ernst.

»Sollen wir anrufen? Ich könnte besser ruhig sein und tanzen und so. Was denkst du, *guapa*?«

Ich will eigentlich nicht. Aber gleichzeitig geht es mir wie ihr, also wähle ich Peers Nummer und stelle auf Lautsprecher.

Peer hebt sofort ab. »Hallo, Lotte.« Seine Stimme klingt ruhig, entspannt, und ich spüre, wie Claire neben mir erleichtert aufatmet.

»Ich hatte plötzlich so eine Gefühl«, flüstert sie mir entschuldigend zu.

»Wir wollten mal kurz hören, wie es euch geht«, sage ich.

»Es geht uns gut, stimmt's? Paul? Jona?«

Wir hören die Jungen murmeln. Sie scheinen beschäftigt.

»Sie bauen Lego. Nachher wollen wir noch einen Film gucken. Es ist alles gut. Alles ruhig.« Dann fügt er streng hinzu: »Und die Mütter haben jetzt mal frei.«

Claire reißt ungläubig die Augen auf, dann juchzt sie und schmeißt ihre Arme in die Luft, und ich muss lachen.

»Wird erledigt«, sage ich, lege auf und stecke das Handy weg.

Die beiden Fischer stehen unverändert in
ihrem Boot. Es schaukelt kaum merklich
mit den Wellen mit. Fast verschmilzt es mit
dem dahinterliegenden Ufer. Es macht sich
unsichtbar in der blauen Stunde.

Die Fischer schweigen.

Der eine holt die Schnur ein. Man könnte meinen,
es sei ein Fisch am Ende, aber es ist nur ein
Köder, ein großer Köder.

Sie wissen, was sie tun. Jeder Handgriff sitzt.
Keine Bewegung zu viel.

»Sie sind laut.«

Nicken.

Sie drehen sich zum Haus und der Wiese um.

»Vielleicht sind sie bald fertig.«

»Und wenn nicht ...«

Schweigen.

»Sollen wir ...?«

Achselzucken.

»Oder noch warten.«

Schweigen.

»Es ist schließlich unsere Stelle.«

»Die beste an der Scharkante.«

Nicken.

Der eine von beiden wirft die Angel erneut
aus. Der Schwimmer tanzt auf den Wellen, er
leuchtet in einer Signalfarbe. Die Wellen um ihn
herum haben eine dunkle Farbe angenommen.
Die Lichtflecke sind verschwunden. Die
Dunkelheit überzieht jetzt den Himmel rasch von
Osten her.

III

20:23

An der Bar stehen ein paar alte Freunde. Sie sehen gut aus heute Abend, wie sie da so stehen und gut gelaunt sind. Ich bin hingerissen von ihnen. Ich bin ein Teil von ihnen.

In der Wedding-WG gab es eine feste Gruppe. Sie erweiterte sich am Rand um neue Liebhaber und Freundinnen, um Uni-Bekanntschaften und Club-Mitbringsel – aber der Kern bestand aus Marta, Cora, Tom und mir. Und Bulle natürlich, der eine Atelier-Kneipe im Haus hatte. Und Peer blieb auch. Die meisten anderen kamen und gingen. Die Fabriketage hatte noch die alten Schienen im Boden und an der einen Seite eingezogene Zimmer. Auf dem Sofa im großen Raum saß eigentlich immer irgendjemand.

Ich schließe die Tür auf. Die Zeit dahinter ist nicht greifbar. Sie unterliegt nicht unserer Kontrolle.

Niemand macht Pläne, die Tage haben keine festen Konturen, Anfänge oder Endpunkte. Auf dem Sofa sitzt Cora und isst. Sie hat sich ein Tablett angerichtet. Ich muss grinsen. Das passt irgendwie nicht hier rein. Der Fernseher läuft. Tom geht langsam um Cora herum. Er hält die Kamera auf sie. Sie spielt mit, sie ignoriert ihn. Dann dreht sich Tom um. Er strahlt mich an und richtet die Kamera auf mich. Dass wir alle Teil von Toms Filmstudium geworden sind, bekommen wir schon gar nicht mehr mit.

»Lotte, du kommst genau richtig«, ruft Tom. »Wir gehen aufs Dach. Die anderen sind schon oben. Wir grillen!«

»Im Dezember?«, frage ich irritiert.

Tom lacht. »Was? Schon wieder Dezember?«

Im Nachhinein kommt es mir vor, als hätten wir die Zeit damals nicht intensiv genug genutzt. Wir waren so verschwenderisch mit ihr. Wer will noch mal, wer hat noch nicht?

Wir sind alle zu Toms Präsentation gekommen. Wir spielen schließlich alle mit im Film.

Im Gegensatz zum Phaethon aus der griechischen Sage, dem Sohn des Sonnengotts, überredet der Phaeton vom Wedding seinen Vater nicht, den Sonnenwagen lenken zu dürfen, sondern: Er möchte mit dessen Mercedes fahren. Nur einmal, nur nachts, niemand wird es mitkriegen. Der Vater ist dagegen, die Gesetze erlauben es nicht. Aber der Sohn lässt nicht locker, und der Vater wird schließlich weich und erlaubt dem 16-jährigen Sohn, mit dem schwarzen S-Klasse-Wagen durch Berlin zu fahren.

So wie Phaeton dem Sonnenwagen nicht gewachsen ist, kann auch der Sohn nicht anders: Er lädt seine Freunde ein, er stellt die Musik laut, viel zu laut, und als die Polizei hinter ihm her ist, sieht er keinen Ausweg mehr. Er fährt immer schneller, er ist an dem Punkt angekommen, an dem es kein Zurück mehr gibt. Der Vater sitzt zu Hause. Er ist machtlos.

Wir haben Phaeton gefeiert. Und ich finde den Film immer noch gut. Etwas pathetisch vielleicht, aber das Leben war voller Pathos – übersetzt: ein feierliches Ergriffensein. Der Film ist eine Hommage an unseren Wedding, an unsere Lieblingsorte, unsere Lieblingswitze und unsere Lieblingssongs.

Dann wurde im Wedding saniert. Stück für Stück kam das Gerüst über die Hinterhöfe näher, und der Ton in den Briefen wurde immer unmissverständlicher. Aber für uns war es wie ein einziger Lauf der Dinge. Cora und Robbie heirateten. Marta ging ins Ausland. Peer und ich zogen zusammen, und Bulle eröffnete eine neue Bar in Neukölln.

»In der Arktis sind es 30 Grad«, sagt Marta gerade, »es ist da so heiß wie am Mittelmeer – das muss man sich mal vorstellen.«

Ein schwieriges Thema für eine Party. Eigentlich ein Tabu. Es gibt nichts zu erwidern auf solche Sätze. Es sind Killer-Sätze.

Jemand versucht einen Witz, aber der misslingt naturgemäß.

Ich stelle mich neben Marta. Sie ist ein Urgestein, eine, die es mit allem und jedem aufnimmt. Ihre Stimme ist tief und laut und sehr bestimmt – und sie kann über sich lachen wie kein anderer. Sie lacht sich kaputt, wenn sie von ihrem täglichen Kampf mit ihren vier Kindern erzählt. Und von irgendwoher holt sie immer noch Energiereserven hervor. Marta ist eine Festung. Und trotzdem ist sie immer die Erste, die in Tränen ausbricht. Sie ist so nah am Wasser gebaut, dass sie eigentlich in jedem Gespräch weinen muss. Das passiert einfach, ganz beiläufig. Sie redet dann einfach weiter, und wir bekommen es schon gar nicht mehr richtig mit. So wie andere Menschen rot werden, weint Marta, sie weint leise und anteilnehmend, sie weint, während sie spricht und sogar wenn sie lacht. Sie braucht dann eine Weile, um den Gedanken, der sie zum Weinen gebracht hat, einzusortieren, und dann ist es auch wieder vorbei. Außenstehende könnten sie für sehr empfindlich und sensibel halten, aber das ist sie nicht. Sie ist mutig, manchmal sogar bis zur Rücksichtslosigkeit. Aber das Weinen verrät sie. Sie kämpft nicht für sich, sondern für die anderen. Ihr Mut und ihre Anteilnahme ringen miteinander.

Sie ist Psychologin. Wenn man Marta mitten in der Nacht anruft, ist sie sofort hellwach. »Das gehört zu meinem Beruf«, sagt Marta.

Der Arktis-Satz wirkt. Die Gruppe löst sich auf. Wir haben es bereits verinnerlicht, diesen Nachrichten aus dem Weg zu gehen, denke ich, ganz automatisch, ohne es zu merken, machen wir einen weiten Bogen.

Marta sagt: »Ich teste da gerade was. Ich möchte herausfinden, warum das so ist.«

»Warum was so ist?«, frage ich und probiere von dem kalten Wildfleisch. Der Schwager ist Jäger, er hat das Tier selbst geschossen.

Claire: »Für dieses Fleisch hat sich es gelohnt, dieser endlos lange Weg durch den Wald bis hier.« Ich beobachte, dass auch Marta hingerissen ist von Claires Art. Sie hält kurz inne, dann erklärt sie weiter:

»Also, offensichtlich befinden wir uns ja schon mittendrin in der Katastrophe, oder? Der Frühling ist schon wieder der heißeste, genauso wie im vorigen Jahr. Und im Jahr davor. Das Eis schmilzt, Brandenburg trocknet aus. Und trotzdem machen wir weiter wie bisher. Was ist das für eine Blockade in unserem Hirn? Was muss passieren, damit wir was ändern?«

»Die Katastrophe hat keine Chance, solange wir solche Partys feiern können«, vermute ich.

»Ja, und dann sie rufen: tataa – es gibt eine *sensación*! Ich habe es in der Zeitung gelesen, es gibt einen neuen Bären, und der ist hellbraun wie ein Kamel. Er ist ein Mix aus Polar und Grizzly. Pretty Prizzley. Haha. Aber es gibt ihn ja nur, weil der Polarbär kein Haus mehr hat am Nordpol.«

»Genau: Na, geht doch! Die Natur findet einen Weg!«, sagt Marta grimmig. Claire nickt und guckt uns so nachdrücklich überrascht an, dass Marta und ich nicht anders können und losprusten.

Das Fleisch ist hauchdünn geschnitten und lässt sich richtig lutschen.

»Es ist pervers«, murmele ich, »wir sind pervers.«

Marta fährt fort. »Ich glaube, die Angst ist schuld. Sie lähmt uns. Sie blockiert alles, sie macht, dass wir nichts hören und sehen, weil wir uns bereits totstellen. Sie legt uns komplett lahm, die Scheißangst.«

»Wie bei der Migräne«, sage ich, ohne nachzudenken.

Marta muss lachen. Aber ich meine es ernst. »Du weißt doch, sie hat mich im Griff, schon seit ich denken kann, leide ich unter diesem bohrenden Schmerz. Ich habe Angst vor ihm, gerate in Panik, wenn ich nur daran denke – also verdränge ich alles, alle Anzeichen, jede Erinnerung. Es reicht schon aus, wenn ich euch davon erzähle, und der Schmerz wird physisch, dieser Schmerz, der sich so anfühlt, als drücke jemand gegen die Nebenhöhlen, immer weiter, ohne aufzuhören, bis der halbe Kopf rast und tobt, Blitze zucken und das Auge flimmert und tränt. Dann gibt es keinen Ausweg mehr für mich, und ich krieche hinein in die dunkelste Ecke des Sofas, immer tiefer, lasse den Schmerz übernehmen und schalte mich aus.«

»Am meisten ärgert mich die verlorene Lebenszeit«, füge ich hinzu. »Und ich hasse es, so schwach und wehleidig zu sein.«

»Aber die Migräne geht vorbei. Dann geht es dir wieder gut. Die Erde kann nicht wieder vom Sofa aufstehen und weitermachen.«

»Das stimmt. Aber aus lauter Panik vor dem Schmerz und der Wehrlosigkeit lösche ich jede Erinnerung daran aus meinem Gedächtnis – und vergesse, mich vorzubereiten. Zum Beispiel könnte ich mir mal ordentliche

Medikamente besorgen, die meine Synapsen wieder ordnen, wenn es losgeht.«

»Aha. Angst überwinden heißt anfangen zu handeln. Geradezu religiös! Brauchen wir denn einen Glauben, an den wir uns klammern können? Die Wissenschaft, neue Technologien, meinst du das?«

»Vielleicht«, nicke ich, »oder anders: Die Emotionen ausschalten und die Möglichkeiten nutzen, die wir haben.«

»Ich habe übrigens gehört, das Einzige, was bei Migräne wirklich hilft, ist extremer Sport«, sagt Marta und zwinkert mir zu. »Also, auch wenn der Körper sich mit allen Signalen dagegen wehrt, muss man mit Aktivität den Zwang zur Passivität bekämpfen.«

»Nie im Leben!« Ich stöhne auf, und Marta muss lachen. »Diese Theorie kann nur von jemandem kommen, der noch nie Migräne hatte.«

»Wieso?« Marta lacht. »Fight and flight – dem Körper keinen Raum für seine Mimositäten schenken.« Und nach einer Pause fügt sie noch hinzu: »Kopf in den Sand stecken gildet nicht.«

Aber es ist noch viel zu früh für ernste Themen. Die Angst kann einpacken. Heute wird gefeiert.

Fast alle tanzen jetzt. Sie wirken so glücklich und gleichzeitig so überwältigt. Sie sind ganz beschwipst, als könnten sie ihr Glück kaum fassen.

The Great Schwips, denke ich und hole mir noch ein Bier. An der Bar steht Bulle mit einer Magnumflasche Wodka und verteilt Shots.

Ich trinke auch einen und spüre der Wärme nach. Das Beste an den Festen von Robbie und Cora ist: Alle bleiben. Die ganze Nacht. Niemand fährt zwischendrin nach Hause, irgendwann zwischen dem Gestern und dem Morgen. Alle sind bereit, aus Raum und Zeit zu fallen. Einige nehmen dafür Drogen, andere nicht. Aber niemand überstürzt irgendetwas.

Zuerst kommt das Ankommen. Alle sind in Bewegung, wollen sehen, wer da ist, einzeln oder zusammen wird das Territorium ausgekundschaftet. Ein bisschen wie Tiere in einem neuen Gehege, denke ich und gehe runter zum Strand. Hier ist ein großes Lagerfeuer vorbereitet. Neben dem Steg schaukelt das kleine Segelboot von Robbie auf den Wellen. Es gibt auch eine Gartenecke mit Strohballen und Teppichen darüber und einem Heizpilz für später. Die Ballen sind schon in Beschlag genommen. Es wird gekichert, es entsteht ein Gruppenbild von einem Heuballenturm runter, der dann von dem Gewicht nach hinten überkippt. Großes Gelächter.

Dann, nach dem Auskundschaften, geht es weiter mit Tanzen, was ja eigentlich die schönste Form ist loszulassen. Und natürlich den anderen dabei zusehen. Es geht darum, abzugeben, sich freizutanzen von allen Themen. Da sind wir jetzt. Viel Bowle und viel Berührung, Gespräche, an die man sich später nicht mehr oder nur noch bruchstückhaft erinnern wird. Dann, viel später erst, kehrt irgendwann Ruhe ein, denn man ist längst nicht mehr drinnen in der Zeit, es spielt keine Rolle mehr, ob es schon sechs Uhr morgens ist oder erst halb fünf. Man darf sich verlieren, orientierungslos werden. Dann ist der Moment für die Gespräche gekommen, bevor man als Nächstes am besten wieder weitertanzt, um den Übergang zum nächsten Tag zu genießen und keine Gedanken an den Tag als solchen zuzulassen. Und am Ende bleibt das Gefühl von einem gemeinsam erlebten Glück. Und das trägt einen dann wieder zurück, nach Hause. Jeden Einzelnen aus der Nacht.

Ich probiere vom Nachtisch. Erdbeeren mit Baiserstückchen und Sahne.

»Wie geht es Jona?« Marta nickt in Claires Richtung und lässt sich nicht anmerken, ob ihr das kalte Wildfleisch gut schmeckt. Die beste Freundin lässt sich wie immer nicht in die Karten schauen. Ich blicke auf ihren Teller.

»Jona hat heute gesagt: Es wäre gerecht, wenn man allen Erwachsenen verbieten würde, Fleisch zu essen, und nur noch die Kinder Fleisch essen dürften. Die Erwachsenen haben schließlich schon ihr ganzes Leben lang Fleisch gegessen.«

Marta hält beim Kauen inne und denkt kurz nach.

»Dem ist nichts hinzuzufügen«, sagt sie und nickt. »Das wäre gerecht.«

»Jona geht davon aus, dass wir alle den Kollaps erleben. Schon bald«, füge ich erklärend hinzu. Marta wischt sich die Träne nicht weg, die einzelne, die über ihre Wange den Weg nach unten findet. »Wo steckt eigentlich Tobi? Ist er nicht mitgekommen?«, frage ich, aber Marta antwortet nicht, sie reckt den Kopf seitlich nach oben, eine Bewegung, die sie immer macht, wenn das Weinen sie überkommt. So verharrt sie dann, bis sie wieder weitersprechen kann, und zwar so leise, dass ich es kaum verstehe: »Der kommt nicht.«

Claire tanzt wieder.

»Sie hat mir eines Abends gestanden, dass sie nicht mehr weiterweiß«, erzähle ich Marta. »Das war, als es mal wieder schlimm war für Jona. Es ist unerträglich für Claire, keinen Zugang zu finden, nicht zu wissen, wie es in ihm aussieht. Sie sagt, sie ist nicht dafür gemacht, für diese Aufgabe.«

»Wenn das von einer Mutter kommt, dann muss es wirklich schlimm sein«, sagt Marta.

Ich schaue Marta überrascht an. Du bist doch die Psychologin! will ich sagen. Aber ich denke: Wie viele Mütter fühlen wohl ähnlich, aber trauen sich nicht, es zu sagen? Es ist ein Tabu. Wer es ausspricht, hat schon aufgegeben.

Wir haben Claire und Jona ins Herz geschlossen. Claire wirkte so verloren und war gleichzeitig so voller Leben. Es war nicht das Gefühl, ihnen helfen zu müssen – vielmehr fühlte es sich gut an. So, als ob wir zusammengehörten. Und dann Jona. Manchmal denke ich, dass er nicht von dieser Welt ist, sondern eher so was wie ein Märchenwesen.

»Mir geht das Herz auf, wenn Jona zur Tür hereinkommt«, hat Peer einmal überwältigt gesagt. Und mir geht es genauso. Und einige Male schon habe ich mich von ihm auf eine unbeschreibliche Weise aufgefordert gefühlt, wenn er mich mit seinen dunklen Augen anblickte. So, als wollte er etwas damit sagen, etwas, wofür er keine Worte hatte.

Und als der zweite Lockdown kam und die beiden Jungen zu Hause betreut werden mussten, war es keine Frage, dass wir uns alle abwechselten.

Paul fühlte sich vom ersten Moment an zu Jona hingezogen. Er hat viel schneller begriffen als Peer oder ich: Jona braucht seine Wasserflasche. Und er braucht einen festen Platz für die Ersatzflasche. Immer. Denn Jonas Angst zu verdursten ist allgegenwärtig. Die macht keine Pause.

Jona ist sehr klein für sein Alter, obwohl er zwei Jahre älter ist als Paul, ist er fast einen Kopf kleiner, und mit seiner dünnen hellen Haut wirkt er beinahe zerbrechlich. Claire weiß nicht mehr, wann es begonnen hat. Es war plötzlich da. »*El maldito diablo*«, sagt Claire mit tonloser Stimme, »wir müssen mit ihm kämpfen, jeden Tag.«

Und seitdem kann jede Form von Wärme es auslösen. Wenn Jona Hitze spürt, dann steigt die Panik in ihm auf. Und dann kommt er nicht mehr dagegen an, dann kann er sie nicht mehr unterdrücken. Am schlimmsten ist der Verkehr. Abgase verursachen die Hitze, die allgemeine, die immer größer werdende Hitze auf dem Planeten, und wenn Jona neben einem Auto steht, dann muss er den Kopf zur Seite drehen, dann schnürt es ihm die Kehle zu.

»Es kratzt beim Schlucken, so wie bei Halsweh. Manchmal geht es gleich wieder weg, wenn ich fest huste. Und Wasser trinke. Viel Wasser trinken hilft. Aber manchmal geht es auch nicht weg. Dann wird der Hals ganz eng, und ich huste und huste und schlucke und schlucke, damit es weggeht. Und dann, wenn es schlimm ist, dann wird der Hals immer enger, er kratzt dann so doll, dass ich ihn rausreißen möchte, um Luft zu kriegen. Es brennt wie Feuer in meinem Hals. Dann kann ich an nichts anderes mehr denken, überall brennt es, es brennt und wird heißer und heißer. Alles verbrennt. Aber natürlich ist das nicht in echt so. Das weiß ich. Darüber reden hilft, sagen die Ärzte. Und Sport machen. Aber die Hitze geht davon nicht weg.«

Den ganzen Winter über haben wir Jenga gespielt. Das Spiel war unsere Rettung. Keine Ahnung, wie wir darauf gekommen sind. Wahrscheinlich lag es einmal zufällig auf dem Tisch in der Küche. Seitdem hilft es, wenn es losgeht bei Jona, wenn die Panik kommt. Und das kann schnell passieren. Nachrichten über die Erderwärmung, ein hupendes Auto vor der Wohnung – oder wenn seine Wasserflasche leer ist oder mal nicht an ihrem Platz steht. Sie steht immer an einer bestimmten Stelle in der Küche, neben dem Toaster. Man muss vor allem selbst möglichst cool bleiben, darf sich nicht anstecken lassen. Paul kann das gut. Ich bewundere meinen Sohn dafür. Und manchmal sehe ich mich selbst in ihm, mich mit Cora.

»Es geht los«, ruft Paul, »Jona stottert!« Wenn Jona ins Stottern gerät, ist es oft das erste Anzeichen für ein Ungleichgewicht, eine Störung in seinem Sicherheitsempfinden. Ich lasse die Paprika fallen, die ich gerade schneide, Paul schüttet die länglichen hölzernen Jenga-Steine möglichst geräuschvoll auf dem Küchentisch aus und dreht dann sofort, also fast gleichzeitig den Wasserhahn auf. Dann holt er Jona. Ohne ein Wort bauen sie den Turm aus den Klötzen. Wenn er steht, beginnt Jona den ersten Klotz herauszuziehen. Wir können dabei zusehen, wie ihm die Konzentration hilft, sich wieder zu entspannen. Es rührt mich jedes Mal, wenn er seine Stirn so hochzieht, seine Lippen zusammenkneift, als hinge sein Leben davon ab. Für ihn ist es aber auch ein bisschen so, hat Paul mir erklärt.

Aber wir müssen aufhören, bevor der Turm einstürzt. Wir sind wahre Meister darin geworden, genau den Moment zu bestimmen, in dem der Turm gerade noch hält. Wir diskutieren über die Möglichkeiten und entscheiden dann meistens aufzuhören, nicht zu viel zu riskieren. Wenn wir es mal nicht schaffen, dann bricht Jona zusammen. Es ist ein schwieriger Balanceakt – aber wir haben bis jetzt noch kein besseres Mittel gefunden, die aufkommende Panik, die in schlimmen Zornausbrüchen enden kann und zur totalen Erschöpfung aller führt, zu bändigen.

Und noch jemand saß in diesen Wochen oft am Küchentisch: Bulle. Als seine Bar während des Lockdowns schließen musste, kümmerte sich Bulle um uns. Er kochte die herrlichsten Sachen und schaffte, was kein anderer schaffte – er brachte Jona zum Lachen. Wie zum Beispiel mit der Loch-Geschichte. *Das Loch* ist eine der letzten 24-Stunden-Kneipen von Berlin, schräg gegenüber von Bulles Bar. Am ersten Lockdown-Tag kam Bulle am *Loch* vorbei, und da saß der Besitzer ziemlich deprimiert auf einem Barhocker in seiner Tür und sagte: »Das ist das erste Mal seit 40 Jahren, dass wir schließen. Das muss man sich mal vorstellen: Schließen, dichtmachen, nach Hause gehen!« Und als Bulle ihn fragte, warum er denn dann immer noch in der Tür sitze, zuckte der mit den Schultern: »Du wirst lachen.« Pause. Das war der Moment, in dem Bulle schon prustete und alle anderen schon vor Lachen nicht mehr konnten, weil natürlich kannten wir die Geschichte schon längst, und Bulle musste sie wieder und wieder erzählen, und immer wieder haute er das Ende raus wie kein anderer: »Du wirst lachen, aber ick hab keen' blassen Schimmer, wo der Schlüssel für die Tür ist! Wir hatten doch IMMER offen!!«

Das sind die Momente, die das Leben verzaubern, Küchentischmomente, in denen wir vor Kraft strotzen, in denen uns alles möglich erscheint, sogar Jona loslassen kann und seine Augen mitlachen.

»Peer kam es ganz gelegen, das Wochenende mit den beiden Jungen zu verbringen«, sage ich zu Marta. »Er kann mit so vielen Menschen auf einem Haufen nichts anfangen. Er ist lieber für sich, macht seine Pläne.«

»… und beobachtet Vögel. Jedem seine Party«, fügt Marta hinzu.

»Genau. Und morgen wollen sie aufs Land fahren. Das tut Jona jedes Mal gut. Und Peer kann ihm alles erklären.«

»Das hört sich gut an, Lotte. Gut, dass ihr euch zusammengetan habt. Vielleicht Jonas Lottogewinn, dass er Peer getroffen hat.«

»Die Ärzte sagen, dass Jona ein hochsensibles Kind ist.«

»Aber du weißt, dass das zu kurz gedacht ist, oder?« Die beste Freundin klingt jetzt ärgerlich. »Eine Erklärung, die zu einfach ist, weil sie uns entlasten soll. Und«, sagt sie noch, »jeder bekommt es doch schließlich mit: Jonas Angst vor dem Verdursten ist keine fehlgeleitete Emotion. Diese Angst ist im Grunde völlig angemessen, oder?«

Ich sehe hinaus auf das Wasser. Kein Schiff ist zu sehen, keine Lichter mehr, die Nacht gewährt eine Pause.

Aber die Havel muss weiter, sie kann sich nicht ausruhen in dem großen Becken des Wannsees, sie muss durch die nächsten kleinen Seen hindurch bis zur Elbe und dann weiter bis in die Nordsee. Das ist ihr Weg, den sie sich vor Urzeiten gesucht hat.

Und dennoch verändert sie ihren Lauf, immer wieder muss sie neue Hindernisse umgehen und neue Wege finden.

Ihr Ziel ist das Fließen, das ist ihre Bestimmung. Für dieses Ziel hat die Havel sogar das Unmögliche möglich gemacht: Sie ist rückwärts geflossen, um wieder weiterzukommen. In einem dieser trockenen Sommer in den letzten Jahren führte sie so wenig Wasser, dass sie es kaum bis zur Elbe schaffte – und die Elbe wiederum floss mit ihrem Wasser hinein in das Bett der Havel, was dazu führte, dass die Havel zurückfloss in Richtung Quelle. Und das hat sie vor dem Vertrocknen bewahrt, so lange, bis wieder genügend Wasser da war, dann ging es wieder flussabwärts wie gewohnt.

»Die Havel hat es rechtzeitig gemerkt. Sie hat sich vollkommen entgegen ihrer Natur verhalten – und sich gerettet«, sage ich zu Marta. »Und wir? Wir tun nichts. Es könnte einem geradezu peinlich werden, wenn man anfangen würde, darüber nachzudenken.«

Marta nickt. »Man könnte meinen, wir sind uns selbst egal geworden.«

»Tja, die Frage müsste also lauten: Wie geht unser Rückwärts?« Marta nickt noch immer.

»Wenn wir Zeit hätten, könnten wir die Antwort vielleicht herausfinden.« Aber wir wissen natürlich beide: Zeit schenkt uns jetzt niemand mehr. Wir waren viel zu großzügig mit ihr.

Wir haben geprasst, denke ich.

Cora kommt auf uns zugestürmt. Marta und ich müssen lachen. Es ist der Song. Cora steht vor uns, schüttelt den Kopf, dass ihre Haare nur so in alle Richtungen fliegen: M-m-m-my Sharona! Dieses Lied. Dieser Film. Reality Bites. Wir haben ihn so oft geguckt, dass wir ihn irgendwann selbst gelebt haben. Das waren doch wir, die sich nachts an der Tankstelle an der Müllerstraße mit Chips und billigem Wein und vielen Zigaretten und wahllosen Gummibärchentüten eingedeckt haben und, als dann der Song im Radio kam, den Verkäufer gefragt haben, ob er lauter drehen könne, und dann zu dem Lied getanzt haben, also wild herumgesprungen sind vor der Kasse, bis der Verkäufer alles zusammengerechnet hat und ohne die Miene zu verziehen sich zu uns umdrehte und: 33 Mark und 33 Pfennige sagte. Und es war kein Witz. Aber wenn irgendwo 33 steht, heute noch, dann muss ich lachen. Wir kamen vor Lachen kaum weiter, die Müllerstraße hoch, bei Schering vorbei, haben keine Luft mehr gekriegt, wir HABEN uns in die Hosen gemacht. Marta und ich hockten zwischen zwei parkenden Autos, und unsere Pisse floss zusammen als ein einziger dampfender Strom und verschwand dann strudelnd und schäumend im Gulli neben dem Bordstein.

Deshalb ist das Schütteln zu diesem Song für uns alle Pflichtprogramm. Wir stehen auf der Wiese und schütteln die Köpfe, am wildesten natürlich Bulle, der beim Schütteln auch noch auf und ab springt. Wir umarmen uns, wir schreien laut in den Nachthimmel hinauf: M-m-m-my Sharona.

Wir sind glücklich und erschöpft. Der Schwager kommt zu uns rüber. Ich beobachte ihn auf seinem Weg zu uns, er hält kurz inne bei einer Gruppe von Gästen, ein Satz von ihm, und die Gruppe lacht laut und herzlich. Er freut sich mit ihnen, und seine Schultern wackeln beim Lachen.

George Michael singt Club Tropicana, und irgendwie passt es zu Robbie.

Elias, ein Freund von ihm, löst sich aus der Gruppe und schließt sich Robbie an. Beide kommen zu uns rüber. Robbie fragt nach Peer, und ich berichte von Paul und seinem neuen Freund Jona. Und Marta erzählt von Jonas Ängsten.

Elias guckt mich überrascht an. »Du lässt dich doch nicht von einem Kind anstecken, oder, Lotte?« Es klingt höhnisch. »Die Welt geht unter – buuhuuu!«

Er merkt, dass er sich etwas im Ton vergriffen hat, fügt ein wenig sanfter hinzu: »Ängste sind ansteckend, das ist bewiesen.«

Ich sage nichts. Elias strahlt eine Gewissheit aus, dass ihm, was immer auch geschieht, nichts und niemand etwas anhaben kann. Ich habe es schon längst aufgegeben, mit Elias Gespräche zu führen. Es ist, als ob wir nicht dieselbe Sprache sprechen, und ich bekomme jedes Mal einen unbändigen Drang, auf der Stelle Punk zu werden. Ich will mir die Haare blau und grün färben, Sicherheitsnadeln in die Ohrlöcher stecken und Anarchie aufs T-Shirt sprühen.

»Laut Sartre besteht ein großer Teil der Sorgen aus unbegründeter Furcht. Verstehst du, was ich sagen will, Lotte?«

Er schaut dabei mit suchendem Blick über unsere Köpfe hinweg, ob irgendwo interessantere Menschen auf ihn warten, dann knufft er Robbie in die Seite. »Ich finde überhaupt, dass man auf der Party Geld einsammeln könnte und dann in einer gendergerecht-veganen Aktion an Greta spenden sollte, was meinst du?«

Er lacht, und der Schwager guckt entschuldigend.

Dann sind sie schon wieder weitergegangen. Marta ist baff.

»Irgendetwas in seinem Leben scheint nicht so zu laufen, wie er sich das vorgestellt hat«, analysiert sie fachmännisch.

»Aber das Koks scheint gut zu sein«, füge ich hinzu.

Wir lachen.

»Elias will jetzt übrigens kandidieren. Er meint es also doch ernst. Und alleine ist er hier auch nicht mit seiner Meinung. Auch Robbie sagt, dass man sich da nicht verrennen darf. Die Forderungen der Klimabewegung seien utopisch, sozial und finanziell ein echtes Risiko. Und es ist ja schließlich auch schon viel auf den Weg gebracht, sagt er.«

Marta und ich holen uns noch was zu trinken.

»Robbie ist ja auch schon etwas älter«, sage ich und wundere mich selbst darüber, dass ich den Schwager in Schutz nehme.

Und richtig, Marta bleibt stehen und guckt mich ungläubig an. »Das ist doch keine Entschuldigung. Jeder weiß, dass für die üblichen Austarierungsrunden der Politik keine Zeit bleibt.«

Jetzt ärgere ich mich über Marta. »So machst du es dir aber auch zu einfach. Niemand kennt die Lösung, du auch nicht, oder?«

Marta lenkt ein. Und trotzdem weiß ich, dass sie es nicht auf sich beruhen lassen wird. Ich kenne sie zu gut. Sie wird es wieder aufrollen. Sie wird argumentieren und weinen und toben, und wir werden uns in den Armen liegen – und dann wieder von vorne, immer wieder. Und das, das rechne ich ihr hoch an. Sie lässt es nicht zu, dass wir es uns zu einfach machen.

Auftritt der Eltern: Auf der Terrasse im Lichtkegel der verschnörkelten Laterne tauchen sie plötzlich auf. Sie sind angereist für die Party, werden ein oder zwei Stündchen bleiben, dann wird mein Vater müde, und meine Mutter muss ihn nach Hause in ihre Berliner Wohnung begleiten. Morgen wollen sie noch Paul sehen, ihren Enkelsohn.

»Ich habe es gespürt«, wundere ich mich, »wie sie mich ansehen.«

»Elternblicke spürt man sein ganzes Leben lang. Dagegen gibt's keine Medizin.« Marta schnieft ein bisschen, weil schon wieder die Tränen kommen. Und wieder mal bleibt es ihr Geheimnis, warum.

Unser Vater ist schon immer unerreichbar für uns gewesen. Er kommt aus einer Welt, in der man sich nicht persönlich um Kinder kümmert. Er schaute seinen Töchtern etwas befremdet beim Größerwerden zu. Er ist ein sehr wortkarger und schon alter Mann, und er scheint zufrieden mit sich und seinem Leben. Und mit seiner Forschung. Denn die Forschung ist sein Leben. Das Mittelalter ist sein Leben.

Cora hat sich immer um seine Aufmerksamkeit bemüht und ist an seiner Distanz beinahe verzweifelt. Sie forderte ihn heraus, umwarb ihn, ließ sich ihr Herz wieder und wieder brechen – ich hingegen hatte nach dem Schnepfenstrich verstanden, dass er sein Reich niemals verlassen würde.

Es ist Frühling. Beim schwarzen Kaffee nach dem Mittagessen verkündet unser Vater, dass Schnepfenzeit ist. Die langbeinigen und vor allem langschnäbeligen Vögel ziehen immer gut zwei Wochen vor Ostern über das Land nach Norden. Sie gelten als besonderer Leckerbissen. Mein Vater erklärt uns das Wissen der alten Jäger – »Okuli – da kommen sie« und »Laetare – das ist das Wahre«. So bezeichnet man die Sonntage vor Ostern. Mein Vater scheint in Gedanken versunken und schlägt dann vor, dass wir ihn begleiten, wenn er nachmittags auf »Schnepfenstrich« geht.

Das ist selbstverständlich kein Vorschlag, den man ablehnen kann. Also stapfen wir am frühen Abend durch ein nahe gelegenes Waldstück. Dann sitzen wir am Rand auf einem Hochsitz, ohne ein Wort zu sprechen. Es knackt und raschelt hier und da, es zeigen sich auch Vögel, ein Hase hoppelt über die Wiese. Aber keine Schnepfen. Die Zeit verstreicht endlos langsam. Wir hören die Buchenknospen über uns in den Baumwipfeln, wie sie knackend aufspringen. Wir versuchen, leise zu atmen, um dem strengen Blick des Vaters zu entgehen. Endlich die Erlösung, mein Vater dreht sich halb zu uns um und sagt: »Ja dann …«

Wir machen uns auf den Rückweg und erreichen pünktlich zur Essenszeit das Haus.

Später sollte ich erfahren, dass bereits seit vielen Jahren keine Schnepfen mehr gesehen wurden, ja man munkelte sogar, dass diese Vogelart bereits gänzlich ausgestorben war.

Aber ich verstand damals, dass mein Vater auf Schnepfenstrich gehen würde an dem dafür vorgesehenen Sonntag vor Ostern, solange er sich selbst auf zwei Beinen halten kann.

Ich laufe gedankenversunken auf das Bücherregal zu, nehme mir ein Buch und gehe weiter durch die großen Flügeltüren. In meinem Zimmer lese ich. Jeden Tag.

Das Lesen ist mein Zufluchtsort. So wie früher beim Versteckspiel das gute Versteck, hinter einem Busch oder zusammengekauert hinter einem Hügel oder einfach ganz flach auf dem Boden gepresst im hohen Gras. Erst hört man noch das Zählen des Suchenden, doch dann, nach dem »Ich kooooommme!« gibt es keine Verbindung mehr, dann ist man nicht mehr Teil des Geschehens, man kann nicht mehr belangt werden. Dann fühle ich mich wie losgelöst. Andere nennen es auch Langeweile. Ich habe es geliebt, denn es ist so voller Geschichten und Farben, voller Möglichkeiten.

Zuerst bin ich nur in Gedanken weg, indem ich in die Bücher eintauche und später auch räumlich. Anstatt zu rebellieren, was wahrscheinlich am gesündesten gewesen wäre, verkrieche ich mich, werde immer weniger, bis es nicht mehr geht. Dann bin ich weg.

Erst in Berlin sehe ich klar: Solange mein Vater lebt, wird unser Haus eine Bastion einer bereits vergangenen Welt bleiben, ein Ort zwar, der Geschichte und Geschichten bewahrt, aber zu entkräftet ist, sich einer neuen Bestimmung zu öffnen.

Mein Telefon klingelt. Ich gucke entschuldigend zu Marta und gehe dran.

»Ich dachte, ich ruf lieber dich an und nicht Claire ...« Peers Stimme klingt gepresst. Er versucht, leise zu sprechen.

»Was ist los?«, frage ich und suche nach Claire. Ich entdecke sie, sie sitzt auf der Hollywoodschaukel. Sie hat den Kopf in den Nacken gelegt und blickt in den Nachthimmel hoch.

»Es ist nur, er wollte wieder nichts essen. Wir haben Star Wars angefangen, und dann ist Jona plötzlich raus aus dem Zimmer. Er ist zu sich in die Wohnung gegangen. Paul und ich stehen jetzt hier im Treppenhaus. Ich bin mir unsicher, was ich tun soll. Er ist aber ganz ruhig«, fügt Peer noch hinzu. »Ich dachte, ich frag mal dich – oder doch Claire?«

Claire sitzt direkt unter der Diskokugel, die in den Birken hängt. Sie guckt hinein in die vielen Lichter in der Dunkelheit über ihr, die echten Sterne und die Diskosterne, und die Lichter übersäen sie mit Punkten. Elias bringt ihr einen Teller mit Nachtisch, er macht einen übertriebenen Diener und überreicht ihn ihr. Claire lacht ihm zu. Das befeuert Elias in seiner Rolle. Er nimmt die Gabel und füttert Claire jetzt. Sie prustet laut und lässt es geschehen. Was ist mit Bulle?, denke ich.

Dann besinne ich mich wieder auf Peer, Paul und Jona. Der Wüstenplanet, denke ich, und mir wird klar, dass Star Wars ein Fehler war, ein großer Fehler, ein großer vorhersehbarer Fehler. Aber ich schlucke es hinunter.

»Es hilft oft, wenn du ihn fragst. Er weiß ja meistens selbst, was für ihn am besten ist.«

Ich höre, wie sie an der Tür klingeln. Paul ächzt und sagt schlecht gelaunt: »Ich will aber Star Wars gucken.«

»Alles klar, Lotte. Danke, ich denke, wir kriegen das irgendwie hin. Genieß die Party, ja? Und mach dir keine Sorgen!«

Und er soll was essen, will ich noch sagen, aber da hat Peer schon aufgelegt. Ich habe kein gutes Gefühl. Wenn Jona geht, ist das kein gutes Zeichen, dann brodelt es bereits in ihm.

»Schlüssel zur Wohnung ist in der Küchenschublade«, schreibe ich Peer.

Auf einmal spüre ich, wie die Kräfte mich verlassen, alle auf einmal. Wie ein Sog, der das Leben aus dem Körper zieht. Ich spüre kalten Schweiß am ganzen Körper, Angstschweiß. Ich kann es nicht mehr kontrollieren, muss es loslassen, bin vollkommen machtlos.

»Lotte, was ist mit dir?« Martas Augen sind vor Schreck aufgerissen.

»Nur kurz setzen, geht gleich wieder«, murmele ich mit letzter Kraft. Erst mal atmen, nur noch atmen, Luft rein, Luft raus. Die Bäume angestrahlt vor dem pechschwarzen Himmel sehen aus wie riesenhafte überirdische Wesen, keine freundlichen, so viel steht fest. Sie strecken ihre langen knotigen Arme nach uns aus. Langsam kann ich wieder übernehmen. Das erste Hick kommt unerwartet und laut. Ich hickse wieder, und meine Brust schmerzt von der unkontrollierten Verkrampfung. Schluckauf, denke ich verwirrt. Ich kann mich nicht erinnern, wann ich das letzte Mal Schluckauf hatte.

»Ausgerechnet.«
»In der besten Beißzeit!«
Nicken.
»Obwohl ...«
»Im Juni geht auch noch.«
»Ja, Barsch ja.«
»Aber nicht Hecht.«
Schweigen.
»Jetzt kommt nichts mehr.«
»Alle weg.«
»Vertrieben.«
Die beiden Angler holen die Schnur ein, wenn man genau hinhören würde, könnte man ein leichtes Surren der Rolle hören.
»Sie denken nicht nach.«
»Dann muss es sein ...«

Über das Wasser hört man kurz das stotternde Knattern eines alten, lauten Motors, dann entfernt sich das Geräusch langsam, taucht ein in die Dunkelheit, die jetzt ganz plötzlich auf dem See herrscht, und ist schon gleich darauf von allen, die kurz den Kopf zum Wasser gedreht haben, um das Geräusch zu verorten, wieder vergessen.

Die beiden Fischer haben beschlossen wiederzukommen, wenn der Morgen graut.

IV

23:02

Marta und Bulle und ich verlassen die wabernde Wolke für einen kleinen Spaziergang.

»Damit du nicht wieder umkippst«, sagt Bulle und legt seine Stirn in Falten und seinen Arm um meine Hüfte. »Und außerdem soll es irgendwo da draußen einen Zigarettenautomaten geben. Kinder, das ist wie früher: Pilgern zu den Kippen. Aber der Versorgungsnotstand zwingt uns zum Handeln!«

Mit übertriebenem Marschschritt stampft Bulle drauflos. Der Duft der Fliederbüsche am Gartenzaun haut uns fast um. Die Büsche gleichen einem lilaweißen Feuerwerk.

»Wenn man diese überladende Fruchtbarkeit sieht, dann sollte man meinen, alles wird gut.« Marta hat laut gedacht, aber ich bekomme auf einmal Angst. Der Schluckauf ist immer noch da.

»Das klingt nach verbitterter alter Frau«, sage ich, dann füge ich hinzu: »Ich darf das sagen!« Aber eigentlich meine ich: Du darfst nicht aufgeben! Du musst doch auch weiter daran glauben! Und gleichzeitig ärgere ich mich schon wieder über Marta. Es geht doch darum, der Zukunftsangst abzuschwören. Mit aller Kraft.

Sich nicht ergeben! Ich dachte, wir wären uns darüber einig gewesen. Ich kicke einen Stein weg. Typisch Marta. Manchmal habe ich das Gefühl, sie probiert extreme Haltungen, einfach so, aus rein gedankensportlichem Interesse.

Wie egoistisch von mir, denke ich dann aber gleich und schäme mich.

Marta zieht ihre Jacke über die Schultern und sagt: »Es ist eigentlich eher so: Wenn man mal angefangen hat, dann geht es nicht mehr zurück. Bei mir zumindest. Ich kann nicht anders, es ist keine Entscheidung dafür oder dagegen mehr.«

Ich muss schlucken. War es ihr doch ernst? Wo ist die witzige Marta geblieben, die kein gutes Haar an allem lässt, die alles vernichtet und fertigmacht und doch immer für alle da ist? Sie scheint meine Gedanken zu erraten.

»Es gibt Tage, da lähmt es mich geradezu körperlich. Ich bekomme den Kopf dann gar nicht mehr frei davon.«

Sie macht eine Pause. »Und Tobi kann es anscheinend auch nicht mehr ertragen.« Pause. »Wir trennen uns.«

Bulle und ich bleiben gleichzeitig mitten in unserer Bewegung stehen. Marta und Tobi sind das Traumpaar, sie waren die Ersten, unsere Vorbilder, Wegbereiter.

»Er sagt es genau so: Er kann es nicht mehr ertragen. Er kann so nicht leben, ihm fehlen die Leichtigkeit und die Fröhlichkeit.« Marta hält inne. »Ich wusste nicht, was ich ihm antworten sollte. Die fehlen mir selbst am meisten – das könnt ihr mir glauben.« Mit dem Handrücken versucht sie die Tränen aufzuhalten, aber es sind zu viele. Marta ignoriert sie wie immer gekonnt und spricht einfach weiter.

»Aber für mich macht es trotzdem Sinn. Es ist nicht so einfach zu erklären, aber die Zeit der Familie ist in meinem Leben bald vorbei. Die Kinder sind ja jetzt bald alle groß, versteht ihr? Keine Kinder mehr …«

Bulle ist baff. »Du kappst sie einfach ab, die alten Taue. Das is' 'n dickes Ding!«

Ich weiß immer noch nicht, was ich sagen soll. Es ist eine ganze Welt, die zusammenbricht. Ich sehe den Jenga-Turm, wie er in Schräglage rutscht, und versuche zu verstehen und verzweifelt herauszufinden, wie man das Gebilde noch retten kann, doch er rutscht immer schneller und schneller, bricht erst an der einen Seite zusammen, dann kippt er weiter und fällt schließlich in sich zusammen. Das ist nicht mehr bloß eine von Martas Maschen, das Yoga, die Kirchenasyl-Gruppe, die Sache mit der veganen Ernährung. Darüber haben wir noch lachen können.

»Aber eins is klar«, sagt Bulle. »Uns kannste nich einfach so abkappen. Wir bleiben an deiner Seite.«

»Oh Mann, Bulle, sei nicht immer so *dramatic*!« Marta lacht und weint, oder weint und lacht.

»Drama hin, Drama her, eins weeß ick mit Sicherheit: Weltuntergang is' auch keene Lösung.«

Wir umarmen uns zu dritt. Die Fliederbüsche pumpen vollkommen unbeeindruckt weiter ihren Duft in die Nacht.

»Und es ist übrigens doch eine Entscheidung, Lotte. Aber ich bereue sie nicht. Jeder muss sie treffen, früher oder später. Irgendwann muss man sich eben fragen, worum es im Leben geht. Und ich kann nicht nur existieren, um einen Status quo aufrechtzuerhalten. Weder im Job, noch in der Beziehung.«

Schweigend gehen wir weiter. Sie erzählt, dass sie jetzt Aktivistinnen und Aktivisten anspricht, für kostenlose Therapiesitzungen. Das könne schließlich auch so eine Art Beitrag sein, sagt sie. Bulle findet das gut. Etwas tun ist immer gut, meint er. Dann findet sich ein Platz für einen. Aber in meinem Kopf hat sich der Wirbelsturm noch nicht wieder gelegt. Marta ohne Tobi und Tobi ohne Marta. Ich verbiete mir allerdings, den klassischen Trennungskommentar zu denken.

Marta ist mir schon zuvorgekommen: Nein, hat sie mit trauriger Stimme gesagt, es wird nicht wieder werden.

Marta und Bulle gehen noch weiter, zum Zigarettenautomaten am S-Bahnhof. Ich kürze ab und gehe lieber schon zurück. Ich habe mein Handy im Haus liegen gelassen und fühle mich unwohl dabei. Ich erzähle den beiden aber nichts von Peers Anrufen.

Auf dem kurzen Weg durch die schmale, leere Kopfsteinpflasterstraße komme ich mir vor, als wäre ich der letzte Mensch auf der Erde. Alles am Ende. Es wird nicht wieder werden. Schluss. Aus. Niemand mehr da, den der Flieder betören könnte, die ganze opulente Blütenwucht, die ganze Romantik – vergeblich. Der Mensch, das Wesen, das es in der Evolution am weitesten gebracht hat, ist gescheitert. Alles andere ist Heuchelei. Und das Schlimmste ist: Es gibt keine Aliens, wie man das aus den Horrorfilmen gewohnt ist. Die Normalität wird nicht zerstört durch Zombies oder Serienmörder. Es ist ganz anders: Die Normalität ist der Notfall. Die Idylle ist der Alien.

Als Jona die ersten Male bei uns in der Wohnung war, habe ich den Fehler gemacht, ihm gut zuzureden. Das machen Erwachsene automatisch, wenn Kinder unglücklich sind. Eine Wunde am Finger? Das wird schon wieder, das tut gleich nicht mehr weh. Womit ich nicht gerechnet habe: Jona kann diese Art von Lügen nicht ertragen. Wenn etwas wehtut, dann tut es weh. Wenn der Wald brennt, dann brennt er. Und dann ist das schlimm. Und dann bekommt er keine Luft mehr. Dann braucht er Wasser. Ich sehe ihn vor mir mit seinen dunklen Sommersprossen, den fransigen schwarzen Haaren, die unterschiedlich schnell zu wachsen scheinen, und den zwei schiefen Zähnen. Eine Zahnspange hatte zu viel Schmerzen verursacht. Gerade Zähne kann ja jeder, hat Jona gesagt. Das war einer der wenigen Momente, in denen Jona einen lässigen Witz gemacht hat.

Als ich vor mir auf dem Bürgersteig eine Bewegung sehe, verspüre ich einen Stich in meiner Brust und lache vor Freude und Erleichterung laut auf. Es ist ein Fuchs. Was kann es für ein schöneres Zeichen geben, denke ich erfreut. Er ist durch einen Gartenzaun geschlüpft und bleibt stehen. Seine helle Schwanzspitze leuchtet im Dunkeln. Mein Schluckauf lässt ihn kurz erstarren. Er dreht den Kopf zu mir, steht vollkommen still. Ich bewege mich auch nicht. Wir starren uns an, als stellen wir uns die Frage, wer zuerst hier war. Wer von uns darf Anspruch erheben auf die Straße, die Nacht, den Fliederduft?

Der Fuchs hat sich entschieden, mir keine weitere Beachtung zu schenken, ein letzter unbeeindruckter Blick, und dann verschwindet er zwischen zwei parkenden Autos, die Nase nach vorne gestreckt, mit elegantem, federndem Gang. Aber ich lasse mich nicht so schnell abfertigen.

Und nehme die Herausforderung an.

Ich schleiche auch auf die Straße und wechsele parallel mit ihm die Seite. Dann folge ich ihm. Er schnürt immer zwischen Zäunen und Bäumen entlang, bis die Grundstücke aufhören und eine Böschung hinunter zum Wasser führt. Ich gehe geduckt, werde ein Fuchs zwischen Autos und Gärten und habe eigene Wege. Habe ich auch ein Ziel? Gehe ich jede Nacht diesen Weg? Oder suche ich jedes Mal einen neuen Pfad durch die Menschenstadt? Mit Sicherheit kenne ich die Orte, wo es Futter gibt. Was sind wir doch für plumpe und unbeholfene Lebewesen, denke ich, als mein unterer Rücken zu schmerzen beginnt. Ein stechender Schmerz, so wie ich ihn noch nie gespürt habe. Ich würde gerne mit dem Fuchs tauschen. Nur kurz natürlich, korrigiere ich. Aber es interessiert mich, was er denkt. Verdrängt er wie der Mensch das Wissen um seine Endlichkeit? Oder wie erträgt er es?

Jetzt bleibt der Fuchs an einer kleinen Bucht am Wasser stehen. Irgendwo habe ich gelesen, dass der Mensch nicht unbedingt wegen seiner Werkzeuge oder durch das Weitergeben von Erfahrungen eine derartige Herrscherposition in der Natur erreichen konnte, sondern vor allem durch sein Zusammenwirken in großen Gruppen. Ich kann mit jemandem zusammenarbeiten, den ich nicht einmal gut kenne, der nicht zu meinem Clan gehört, aber wir sichern uns trotzdem gegenseitig ab. Kooperation ist also der Schlüssel zum Herrschen. Aber dann, denke ich, ist es eben auch der kollektive Untergang. Den unterschreibt man dann eben auch mit.

Dann vielleicht doch lieber Einzelkämpfer? Der Gedanke beruhigt mich. Er verbündet mich mit dem Fuchs. Auch er kämpft. Füchse bleiben ihr Leben lang treu. Wenn es ihnen die Umstände erlauben. Ich merke, wie die Gedanken wieder zu Marta schweifen. Lebenslang. Ich habe noch nie geglaubt, dass etwas für immer sein muss. Solange es da ist, ist es gut, und wenn es einmal nicht mehr da sein sollte, dann kann man es auch nicht wieder zurückzaubern. Peer und ich, wir haben uns irgendwann einmal geschworen: Wir wollen nichts dafür und nichts dagegen tun. Aber vielleicht muss man sich besser schützen. Vielleicht hätten Marta und Tobi sich abschirmen müssen, ganz bewusst an sich denken, alles andere ausblenden.

Der Fuchs schnuppert an einem Mülleimer am Wegrand. Doch beinahe beiläufig wendet er sich wieder ab und kreuzt, Nase voran, in Richtung Wald. Er muss sich durchschlagen, Nacht für Nacht seine Grundbedürfnisse stillen. Ich gebe auf. Mein überlauter Hickser lässt ihn vielleicht noch mal aufhorchen, sehen kann ich ihn dabei nicht mehr.

V

0:10

Das Beste bei einer Party ohne Ende ist, dass man Zeit hat. Endlos Zeit. Man kann sich auf den Steg legen und sich in den Sternen verlieren, wieder zurückfinden und sich einen Drink holen. Und noch einen Drink. Man kann sich selbst ein wenig dabei beobachten, wie man etwas betrunken wird, bis man mehr und mehr verschmilzt mit der Nacht, den Dingen, den Menschen um einen herum.

Doch bevor es dazu kommen kann, klingelt mein Telefon. Ich erinnere mich, dass wir früher auf den Partys ein Handyverbot ausgemacht hatten, wegen unerwünschter Fotos zum einen und damit einen nichts und niemand auf der Zeitreise stören konnte.

Es ist Peer. Ich schiele auf die Uhr. 0:23.

»Entschuldigung, Lotte, aber es ist schlimm – es … es ist so schlimm wie noch nie.«

»Was ist passiert?«

»Ich weiß es nicht, niemand weiß es genau. Es ist vielmehr alles zusammen, sagt er, es hat keinen Sinn mehr, das Brennen wird immer stärker, hat er gesagt. Jetzt reißen sie die Kleider aus dem Kleiderschrank und die

Spielsachen aus dem Regal. Paul macht einfach mit, er ist toll. Er steht ihm bei. Claire ist nicht zu erreichen.«

»Du musst versuchen, ihn irgendwie zu fassen zu bekommen, und ihn dann festhalten, ganz fest.« Ich erinnere mich, dass Claire das einmal getan hat.

»Er lässt es nicht zu, er lässt nichts mehr zu, es ist schrecklich, er schreit, als ob er unerträgliche Schmerzen hat.«

Ich seufze.

»Dann hilft nichts. Dann musst du abwarten, bis ihm die Kräfte ausgehen. Sollen wir kommen?«

Claire hat uns von einem Erlebnis erzählt, welches lange Zeit Schreckensmomente und Albträume bei Jona ausgelöst hat. Bei Starkregen läuft in Berlin manchmal die Kanalisation über, und dann fließt die Kloake in die Flüsse hinein. Das entzieht dem Wasser den Sauerstoff – und die Fische im Kanal ersticken. Jona muss fünf oder sechs Jahre alt gewesen sein. Claire und er waren zu Besuch in Berlin. Er stand auf einer Brücke über dem Landwehrkanal und sah zu, wie die Fische unter ihm um ihr Leben kämpften. Sie schwammen an der Wasseroberfläche, Hunderte von Fischen, einer neben dem anderen, dicht gedrängt, und japsten mit ihren geöffneten runden Mäulern nach der Luft über dem Wasser. Jona stand dort wie erstarrt. Er konnte es nicht fassen. Die Menschen gingen an ihm vorbei, niemand unternahm etwas, um das Leben dieser unzähligen Fische zu retten. Die meisten Menschen bemerkten den stattfindenden Todeskampf unter sich nicht einmal. Es berührte sie nicht. Dieser Moment löste etwas in Jona aus. Claire hat erzählt, dass er wie betäubt war, sie konnte ihn nicht überreden weiterzulaufen, sie konnte ihn nicht auf den Arm nehmen. Seine Augen blickten sie hilfesuchend an, aber sie konnte ihn nicht erreichen. Der Schock saß so tief, dass Jona von da an immer und immer wieder Albträume hatte von den Fischen, die um ihr Leben ringen.

Mein Schluckauf übertönt die Schreie, die ich von Jona aus dem Hintergrund höre. Als ob sich mein Zwerchfell mit dem Schmerz und dem Zorn des Jungen auf der anderen Seite der Verbindung solidarisieren will.

»Nein, Lotte, bleib, wo du bist. Versuch die Nacht noch zu genießen. Ich melde mich später noch mal. Es tut mir leid, dass ich angerufen habe und dir deine Party versaut habe. Aber auf einmal hab ich Angst gekriegt, weißt du. Was, wenn er sich nicht beruhigt? Ich musste kurz mit dir sprechen. Sieh es als gute Tat. Du hast was gut bei mir. Ich übernehm' das nächste Fußballspiel.«

Ich muss grinsen, trotz allem. Es gibt nichts Schlimmeres für uns beide, als am Rand des Fußballfeldes zu stehen, zusammen mit den anderen Eltern, die alle so tun, als ob ihr Leben von dem Spiel ihres Kindes abhängt. Bringt man eine Zeitung mit, erntet man mehr als schiefe Blicke, kommt man gar nicht, könnte man genauso gut die Vereinskasse klauen und damit vor den Augen der anderen Eltern übers Feld rennen.

»Am besten, ihr seht euch einen Tierfilm an, aber einen, den Jona schon kennt, damit es keine Überraschungen gibt. Vielleicht den Wald-Film?«

»Ja, gute Idee, das machen wir. Die Jungen scheinen ruhiger zu werden. Meine Wunde hört bestimmt auch gleich auf …«

»Wunde?«

»Er hatte auf einmal das Messer, es ist nicht schlimm, nur ein Kratzer. Er war so hilflos. Ich glaube, Star Wars hat ihn viel zu sehr aufgeregt, es war also meine Schuld. Er hatte also recht, mich zu … Aber es blutet saumäßig.«

»Oh Mann, das kann nicht so weitergehen. Du bist nicht schuld. Wir müssen uns Hilfe holen, wir brauchen jemanden, der uns hilft, ihn zu schützen. Er kann es nicht selbst. Und du, wenn es nicht aufhört zu bluten, dann ruf mich an und ich komme – und du fährst ins Krankenhaus. Ich bin sofort da, wenn ihr mich braucht, ok?«

»Ok, Lotte, aber das wird schon. Feiert schön, und grüß mir die Verrückten.«

Er legt auf. Ich halte noch eine Weile das Telefon ans Ohr, bin unschlüssig, ob ich handeln soll oder nicht. Dann entscheide ich, noch abzuwarten.

Jona und Claire und Peer und Paul und ich, wir alle hier mit Cora und Robbie, fährt es mir durch den Kopf. Raus aus der Stadt. Und natürlich Marta. Ich laufe runter zum Strand, ich traue dem neuen Gedanken nicht. Und Tom. Ich bin kein Aussteigertyp.

Aber es hätte viele Vorteile. Und viele Vögel.

Peers Welt ist die Natur. Ich musste erst lernen, das zu verstehen. Für mich war Natur immer etwas Beiläufiges. Guck mal, die schönen Blumen hier, und toll, der Sonnenuntergang heute Abend. Aber Peer hat es irgendwie geschafft, dass ich mich langsam als Teil von ihr sehe.

Der Wannsee ist jetzt dunkel, fast schwarz. Ein paar Lichter von der Party hüpfen ruhelos auf den Wellen. Eine Erinnerung, die ganz tief in mir drin ist, wird wach. Sie hüpft von Welle zu Welle. Und für einen Moment erfüllt sie mich:

Ich stehe im Garten meiner Großmutter. Auf der einen Seite die bunten Zinnien, der hohe Rittersporn und der leuchtende Phlox und auf der anderen Seite die duftenden Tomaten und, wie auf einer Schnur aufgereiht, die Salatköpfe – zwischendurch führen kleine Steinplatten als Wege. Ich liebe diese kleine Welt in der großen. Ich hocke mich hinein, alles ist überschaubar. Meine Großmutter kniet ein paar Reihen weiter. Es gibt immer was zu tun, sagt sie. Wir verschmelzen beide mit ihrer Welt. Sie sagt nicht Natur oder Blumen oder Garten, sondern »Schöpfung« – und es ist klar, dass sie damit etwas viel Größeres, Allumfassendes meint, so was wie den Anfang allen Seins, und dass sie und ich ein Teil davon sind, ist keine Frage. Ich hocke inmitten ihrer Blumen, und am Horizont erheben sich die Himbeersträucher mit ihren großen, sonnenwarmen, süßen Beeren, die wir in die ausgewaschenen Joghurtbecher sammeln, die sie uns mit einem Stoffband um unsere Hüften gebunden hat. Ich fühle mich rundum geborgen, in Zeit und Raum.

Ich muss daran denken, was Peer vor ein paar Tagen auf dem Abendspaziergang gesagt hat. Wir wollten eigentlich über die Sommerferien sprechen, über eine Reise und vor allem darüber, ob wir es uns zutrauen, Jona mitzunehmen. Die beiden Jungen hatten die Idee, zusammen zu verreisen. Und es würde Claire entlasten. Als wir an einem Seniorenheim bei uns um die Ecke vorbeikamen – es heißt Haus am Wiesengrund, obwohl weit und breit keine Wiese zu sehen ist, ein trostloser Zweckbau mit asphaltiertem Hof und übergroßen Betonkübeln, in denen mickrige gelbe und lila Stiefmütterchen eingepflanzt sind –, sagte Peer:

»Stell dir vor, du bist Mauersegler, du berührst praktisch nie den Boden, du frisst im Flug, du schläfst im Flug, du vermehrst dich im Flug, du fliegst im Herbst Tausende Kilometer ins südliche Afrika, fliegst dann im Frühling die gleiche Strecke wieder zurück, nur um hier unterm Dach vom Seniorenheim zu brüten.«

Da wusste ich mal wieder nichts damit anzufangen.

Also, ja oder nein?

»Das Seniorenheim kommt uns schrecklich vor. Es raubt uns jeden Mut. Die Gitter vor den Fenstern, die Gardinen, der Geruch nach Essen, wenn man vorbeiläuft, matschiges, weiches Essen mit viel Soße.«

Ich schauderte. Und Peer sah mich von der Seite an und nickte zufrieden.

»Aber im Grunde sind es perfekte Bedingungen für den Mauersegler. Wir machen uns zu viele Gedanken ums Äußere. Es sind vorübergehende Aggregatzustände. Wenn wir es mit Jona hier in unserer Wohnung schaffen, schaffen wir es auch woanders, schaffen wir es auch, dieses Seniorenheim zu überwinden, um wieder weiterzufliegen.«

Ja, gab ich erschöpft zu. So konnte man es vielleicht auch sehen. Gleichzeitig war ich so erfüllt von der Nähe zu diesem Menschen, dass sowieso alles um mich herum ganz leicht zu werden schien. Ich hätte mir in diesem Moment alles zugetraut, wenn jemand gefragt hätte. Auch das Leben eines Mauerseglers.

In meinem Innern verschmilzt der Garten meiner Großmutter auf wundersame Weise mit dem Seniorenheim, und mir wird in meiner ursprünglichen Unschlüssigkeit eine Parallele zur Langeweile bewusst. Sie hat was mit dem Passagenwerk zu tun. Walter Benjamin hat die Langeweile als eine »Schwelle zu großen Taten« beschrieben. Denn in diesem Zustand des Dazwischen ist ja alles möglich. In dieser Unterbrechung des bekannten Ablaufs fließen Erinnerungen aus verschiedenen Zeiten ineinander und lassen daraus Neues entstehen: Aus der Gleichzeitigkeit wird das Überschreiten der Schwelle möglich.

Ich überlege, ob ich den Zusammenhang kurz ins Handy tippen soll, aber dann entscheide ich mich dagegen und nehme mir vor, mir das Seniorenheim als Bild für diesen Gleichzeitigkeits-Gedanken zu merken.

Die Bilderschnipsel ergeben das Kunstwerk. Es ist eine einzige Collage, meine Arbeit, bestehend aus den vielen unterschiedlichen Momenten in meinem Leben, in denen ich mich immer weiter hineinschiebe in das Thema, weiter vorwärts mit der Arbeit, Stück für Stück, S-Bahn-Fahrten, Unitage, oder Paul, Jona und ich im Wartemodus auf die Arbeitsblätter der Lehrerin, der Kaffeeautomat in der Bibliothek, gelbe Blätter am Baum im Hof, Anstehen in der langen Schlange vor dem Bäcker, alle mit Maske, einfach weitermachen, wieder lesen, Ausflug an den See, De Heere, Cora, tippen, wieder löschen, der Wannsee, weitertippen.

VI

0:46

Langsam breitet sich ein Leichtsinn aus, ein vergnüglicher und ausgelassener Leichtsinn gepaart mit einer immer größer werdenden Neugierde auf das Ungewisse, was diese Nacht noch bringen mag.

Ich suche Claire, obwohl ich unschlüssig bin, ob ich ihr von dem Anruf erzählen soll. Wenn es jemand schafft, dann Peer. Jona hat in Peer ein bisschen den Vater gefunden, den er anscheinend nie gehabt hat. Und Claire wäre von Sorgen gequält. Ich wünsche ihr eine Nacht voller Sorglosigkeit, die hat sie verdient.

Als ich auf die Terrasse trete, sehe ich, wie sich Elias im Wohnzimmer an den Flügel setzt. Claire steht daneben, und Bulle flüstert ihr was ins Ohr.

»Da spitzt sich was zu«, sagt Robbie neben mir fröhlich.

»Ja, wart mal ab.«

»Wieso? Weißt du was, das ich nicht weiß?«

Ich lächele vielsagend.

Elias testet vorsichtig einzelne Tasten, dann legt er los. Claire de Lune. Debussy. Natürlich. Aber ich muss zugeben, dass ich beeindruckt bin, wie er dieses orchestrale Werk unter dem Flügel aufbrausen und dann emporschweben lässt. Auch Claire steht andächtig da, den Kopf geneigt.

Als Elias fertig ist, setzt sich Claire auf den Klavierhocker, und vollkommen unvermittelt beginnt sie zu spielen – und zu singen. Sie singt mit tiefer Stimme. Es jagt mir jedes Mal einen Schauer über den Rücken, wenn sie singt. Es ist machtvoll und unglaublich melancholisch, als bräche der ganze Schmerz der Welt aus ihr heraus, als klage sie gnadenlos und mit einer Kraft, die es mit allem aufnehmen kann, jeden einzelnen Tag der Geschichte der Menschheit an. Und gleichzeitig wirkt sie so verletzlich, dass es einem das Herz zerreißt.

»Sie ist nicht von dieser Welt«, sagt Bulle, der jetzt neben mir an der offenen Terassentür steht, der kaum still stehen kann, so entrückt ist er. »Ick fass es nich, ick fass es nich!«

Und er hat recht. Für mich steht fest, dass Claire eine Zauberin ist. Ich habe jedenfalls noch niemanden getroffen, der ihr nicht auf der Stelle verfallen war. Und mich hat sie schließlich auch verzaubert. Aber gleichzeitig mit Claire ist auch Jona in unser Leben getreten. Und mit ihm die immer deutlichere Ahnung, dass mit unserem Leben vielleicht etwas nicht in Ordnung ist. Bisher war es das eigentlich immer gewesen, im Großen und Ganzen. Es gab vorübergehende Unzufriedenheiten, kleinere bis mittlere Krisen, aber es ging immer weiter. Der Gedanke an ein Ende der Zustände ist neu für mich.

»Ich möchte sie nur ansehen, immer nur ansehen«, neben mir schmachtet Bulle immer noch. »Jetzt weiß ich es. So müssen sich große Künstler fühlen, wenn ihre Muse sie geküsst hat.«

»Du hast sie geküsst?«, frage ich etwas zu forsch.

»Na ja, nee, aber das sagt man doch so«, entgegnet Bulle ein wenig geknickt.

Und ich denke, Claire als Muse von Bulle und Bulle als Muse von Claire, das macht sogar irgendwie Sinn.

Neben mir murmelt Bulle immer wieder: »Mein lieber Scholli, mein lieber Scholli …«

»Dir fehlen ja die Worte!«, sage ich erstaunt und muss lachen.

Am kleinen Strand brennt ein Lagerfeuer. Ansonsten ist es jetzt ganz dunkel, eine pechschwarze Nacht.

»Auf jeden Fall hat Corona uns gezeigt, was alles möglich ist«, sagt eine Freundin von Cora, die ich nicht so gut kenne. Sie heißt Katharina. »Von heute auf morgen war alles anders. Und die ganze Welt musste sich dem beugen.«

»Und hat Klopapier gehortet!«, ruft Bulle dazwischen, dann etwas leiser: »Ich hab mich ja auch anstecken lassen. Hab noch immer einen Jahresvorrat davon zu Hause im Schrank …« Claire legt lachend einen Arm um Bulles Schultern. Bulle strahlt sie glücklich an. »Ick schenk' sie dir«, sagt er überwältigt. »Alle!« Wir müssen lachen.

»Das Wichtigste ist, dass wir uns wieder haben«, sagt Cora.

»Und wenn Corona nur der Anfang war? Was kommt als Nächstes?«, fragt Katharina in die Runde.

Tom neben mir wiegt nachdenklich seine weißen Locken.

»Wir haben gespürt, wie es ist, die Kontrolle zu verlieren. Das war die Lektion. Etwas, das sonst nur auf der Liste von verschrobenen Weltuntergangspropheten stand – weltweite Pandemie – und von allen belächelt wurde, ist wahr geworden.« Er stochert im Feuer, ein Funkenregen stiebt in den schwarzen Himmel. »Die Ära der Endlosigkeit ist vorbei.«

Das Gras zeigt seine Wirkung. Ich fühle mich entspannt und aufgehoben. Ein bisschen wie in Trance unterhalte ich mich mit Tom. Meine Stimmung bleibt vollkommen unberührt von unserer Unterhaltung. Ich halte meine Gedanken nicht auf, sondern lasse sie einfach laufen.

»Es scheint, als entgleiten wir der Welt. Wir dachten, wir verstehen sie, wir dachten, wir verstehen alles!«

»Vielleicht müssen wir jetzt eben einfach mal genauer hingucken …«

»Es ist unser Schicksal. Wir warten auf den Sturm, auf den Untergang, und es fällt uns nichts ein. Uns fällt einfach nichts ein! Nichts, um den Sturm aufzuhalten.«

»Du bist so dramatisch, Lotte«, sagt Tom. »Und wenn es vielleicht gar keine Tragödie ist? Sondern einfach erst mal der Anfang? Wie es ausgeht, ist noch gar nicht gesagt!«

Jetzt schaltet auch Claire sich ein. »Du meinst so wie eine *epifanía*, also, wie sagt man, eine Erleuchtung, erst mal, bevor sich irgendwas ändert, *no*? So was wie eine

Stufe zwischen der *confusión total* und dann langsamem Verstehen?«

»Ja, Erleuchtung, bitte, gebt uns *más epifanía*!«, ruft Bulle inbrünstig.

»Aber dann«, meint Marta, »dann müsste doch auch ein Aufbruch folgen. Eine Stimmung, die jeden mitreißt, um was zu bewegen, um was zu verbessern. Aber im Gegenteil: Was machen wir? Wir jammern. Wir nehmen uns viel zu wichtig!«

»Tja, was wir halt am besten können ...«

Ein Wind kommt auf, erfüllt von einer nächtlichen, feindlichen Kälte. Und dann hören wir es. Es ist ein feines hohes Sirren. Es kommt mit dem Wind. Oben auf der Wiese ist es nicht zu hören. Dort tanzen sie und grölen einstimmig zu ›Bakerman‹ von Laid Back.

Wir am Feuer sind alle verstummt.

»Mein lieber Scholli«, entfährt es Bulle. »Dit is ja gruselig.«

Ich sehe, wie Claire fröstelt.

»Das ist sie!«, sagt Cora und versucht unbeschwert zu klingen. »Ich hab euch doch schon von ihr erzählt!«

Alle starren die große Schwester an.

Cora lacht. »Na, die Nixe! Habt ihr etwa noch nie von der Havelnixe gehört?«

Alle sind verstummt. Das Sirren ist jetzt ganz deutlich zu hören. Es kann keine Sinnestäuschung sein, wir hören es schließlich alle. Es scheint von weit her zu kommen, aus der Tiefe des Sees. Die Stimme der großen Schwester wird von den Klängen getragen.

»Man weiß nicht genau, ob es nur eine Nixe gibt oder ob es mehrere sind. Aber sie ist zu allen Zeiten immer wieder entlang der Havel auf der Wasseroberfläche erschienen. Und immer wenn sie auftaucht, holt sie sich Menschen. Es gibt Berichte aus allen Zeiten dazu. Es sind Männer, aber auch Frauen und sogar Kinder verschwunden.

Zuerst erscheint sie auf der Wasseroberfläche, wunderschön und mit langen fliegenden Haaren. Sie lockt die Menschen an mit ihrem eigentümlichen Gesang, der leise und wunderbar über den See erklingt.

Aber sie ist nicht da, um die Menschen zu erfreuen. Denn sie bewacht die Schätze der Seen. Da ist zum Beispiel der große schöne Bernstein auf dem Grund im Müritzsee. Nähert sich ihm ein Mensch auf einem Schiff, wird er festgehalten, er erstarrt wie verzaubert, über Stunden. Und nähert er sich gar mit der Absicht, dem Stein näher zu kommen, dann wird er sofort unter Wasser gezogen und stirbt.

Es gibt viele Stellen entlang der Havel, wo die Wassernixe gesehen wurde. Oft ist sie den Fischern um Mitternacht rum erschienen, kurz bevor sie wieder ein Menschenleben eingefordert hat. Dann taucht sie auf, klatscht laut lachend in die Hände und stößt daraufhin ein Freudengeschrei aus, dass einem vor Angst Hören und Sehen vergeht – und dann verschwindet sie wieder. So sollen die Menschen gewarnt sein. Aber die Menschen haben sich nicht darangehalten, sie wollen die Schätze – und müssen dann dafür mit ihrem Leben bezahlen.

Und so ist es bis heute«, schließt Cora.

»Das ist doch Pillepalle«, sagt Elias nach einer Pause, »Kindermärchen!« Aber es klingt etwas kläglich.

Cora zuckt mit den Schultern. »Die alten Fischer im Fischereiamt haben es uns erzählt. Und ist doch wahr: Was wissen wir schon, was sein kann und was nicht?«

Das Sirren nimmt ab, wird leise, es säuselt, beinahe lieblich – und kommt dann über den See wieder zu uns zurück. Es ist offensichtlich, dass wir gemeint sind. Einige halten sich unwillkürlich die Ohren zu, so laut wird es plötzlich. Doch dann, wie um uns zu zeigen, wer hier über den See herrscht, schwirrt es wieder weiter, streift uns nur und lässt uns fassungslos zurück.

»Mannomannomann«, entfährt es Bulle, »Twin Peaks am Wannsee. Statt Bergen jetzt mit Pfaueninsel-Kulisse. Ick hab die Folgen geliebt. Ick liebe sie immer noch! Aber ick wollte da nie mitspielen!«

»Da fällt mir was ein.« Toms beruhigende Worte sind eine Wohltat. »Es gab da diesen Forscher Anfang des 20. Jahrhunderts – James Fort hieß der. Der hat alle Meldungen über unerklärte Phänomene in Zeitungen gesammelt und aufgehoben. Er nannte seine Schnipsel ›die Verdammten‹ – all die kurzen Meldungen, die nicht einzuordnen sind in irgendwelche Erklärungsmuster. Sie wurden zwar gemeldet, aber ignoriert. Verrückt, oder? Und Fort hat sie gesammelt und sortiert. Ganze Bücher über kreisförmige Lichter am Himmel, über Fische, Frösche und andere Dinge, die vom Himmel regnen, oder über ungeklärte Geräusche. Am Ende von seinem Vorwort schreibt er sinngemäß: Wenn alles Unvereinbare verdammt wird, dann wird alles gut.« Tom blickt hoch und strahlt, wie nur Tom strahlen kann. »Und dann hat er diese Illusion auf einen Schlag vernichtet, indem er die verdammten Meldungen in einem Buch verewigt. Der Mann hatte wirklich Humor!«

Tom ist in Fahrt. Er stochert wieder in der Glut, sodass die orangenen Funken in die Nacht hinein prasseln. »Der Mensch will immer nur das eine: Eindeutigkeit. Seine ganze Existenz ist das Streben nach Eindeutigkeit, und alles, was nicht eindeutig ist, das darf nicht sein.«

Die Funken tanzen, leuchten, wirbeln, um dann als kleine verglühte Holzstückchen davonzuwehen. Ich fröstele. Die Nachrichten, die wir heute, ein Jahrtausend später, ausblenden, sind andere, will ich sagen. Aber irgendwie fehlt mir die Kraft. Und ich will den Gedanken nicht weiterdenken, der dann unweigerlich zu Jona führen würde. Zum Glück sind meine Gedanken schwerelos und ziellos wie die Funken in der Nacht. Inside the Endzeit, denke ich, und dann fällt mir zum Glück noch was ein, das mich wieder aus dieser Gedankenecke hinausträgt. Das gegen die Erstarrung hilft:

»Komm tanzen jeden Morgen bis zum Sonnenuntergang«, murmle ich, und Bulle stimmt mit ein: »Wir lachen laut, solang die Welt sich dreht!«

»Die guten alten Skeptiker«, fügt Bulle erleichtert hinzu. »Danke.«

Es ist wieder still, das Sirren ist nun ganz verstummt. Wir lauschen gespannt, ob es wieder auftaucht. Aber es bleibt ruhig. Die kleinen Wellen plätschern auf den Sand und glucksen um den Steg herum. Und das löst eine allgemeine Bewegung aus. Als wurde ein Bann von uns genommen.

Ich hol' was zu trinken! Wann kommt die Band? Was denn, jetzt noch? Ach du meinst Jojo the Loop? Wirklich, er kommt? Vielleicht hier auf dem Steg? Das wär ja cool! Lass mal checken, wie lang die Kabel reichen! Ich muss mal! Wann kommt er denn? Bringst du mir 'ne Jacke mit? Ich hol mal Holz. Geht nicht zu nah ans Wasser, sonst holt sie euch! Oder gebt ihr einen Schluck Whiskey, von dem Guten, das besänftigt sie vielleicht! Oder sie kommt auf den Geschmack! Ich will sie so gerne mal sehen! Ich nicht. Ist hier noch ein Plätzchen frei?

»Wenn mir als Kind langweilig war«, beginnt Tom, »dann hat mein Großvater immer in ganz strengem Ton gesagt: Langeweile – die gibt's doch gar nicht!«

»Das find ich super! Langeweile zu ignorieren ist ja auch ein Weg, nicht stehen zu bleiben.«

»Nicht zu erlahmen.« Es ist unser Lieblingsspiel.

»Nicht zu stagnieren.« Es kann ewig dauern.

»Nicht einzuschlafen.« Wenn es erst einmal begonnen hat.

»Nicht aufzugeben.« Manchmal die ganze Nacht.

»Nicht schlappzumachen.« Auch wenn es mal Pausen gibt. So wie jetzt, als Tom aufsteht, um Holz zu holen.

»Nicht einzuknicken!«, rufe ich ihm hinterher.

»Nicht den Kopf in den Sand zu stecken«, kommt es aus der Dunkelheit zurück.

VII

2:02

Mein Schluckauf wird zur Belastungsprobe. Was soll das? Warum verschwindet der nicht? Ich versuche mich zu entspannen. Atme ein und aus, lasse die Kühle der Nacht in meine Lungen. Tom bringt das Holz und türmt neue Scheite über den Flammen auf. Die Hitze erreicht unsere Haut. Die Kälte, die mit dem Wind gekommen ist, wird vom Feuer verbannt.

Tom dreht sich zu mir. »Ich will wieder anfangen«, sagt er leise.

»Du weißt doch, das Tanzen?« Tom deutet eine Drehung an und fällt um.

Ich springe auf und helfe ihm hoch.

»Das ist toll. Das musst du machen! Sofort! Auf der Stelle!« Mir wird ganz warm ums Herz beim Gedanken daran. Wir lachen. Wir lachen, bis wir nicht mehr können.

»Für mich warst du immer der Einzige, der Beste!«

Wir waren uns alle einig, dass es an Ella lag, die Toms Liebe nicht erwiderte. Sie waren nie ein Paar, oder doch, sie waren ein Tanzpaar. Jazz-Ballett nannten sie das. Und wenn Tom loslegte, dann konnte er über alles hinwegtanzen. Und zwar wörtlich. Er begann mit einer

Drehung. Dann einige Schritte zu beiden Seiten, wie um den Raum abzutasten, dann wurden die Kreise immer größer, die Drehungen nahmen den Raum ein, alles wurde einfach eingenommen durch seine Bewegungen, er setzte sich über Möbel und Gartenbänke hinweg oder tanzte durch Menschengruppen hindurch. Jedes Mal blieb einem fast das Herz stehen. Doch Tom wurde immer sicherer, wurde eins mit der Umgebung, die Umgebung wurde durch seine Bewegung zum Schwingen gebracht, wurde selbst zu etwas Beweglichem.

Doch Ella hat alles zerstört. Sie zog weg, und Tom war nicht mehr der Alte. Denn er tanzte nicht mehr. Daran merkte es jeder, der Tom kannte. Etwas war erloschen.

»Da denkt wohl jemand an dich«, sagt Elias. Die anderen kommen wieder die Wiese herunter. Jojo verspätet sich anscheinend. Elias hat eine Champagnerflasche dabei und winkt Claire damit verführerisch zu.

Robbie und Elias kichern albern.

»Also, damit ist nicht zu spaßen«, sagt jemand von der anderen Seite des Feuers. »Es gibt Fälle, da haben Menschen ihr ganzes Leben lang Schluckauf. Der fängt dann irgendwann an und hört nie wieder auf.«

»Ein beharrlicher Denker«, nickt Elias ernst.

»Wohl eher ein chronischer Zwerchfellreflex«, sagt Katharina, sie ist Ärztin. »Das Einzige, was hilft, ist Ablenkung.«

»Ich hatte noch nie vorher das Gefühl, so laut und penetrant um Aufmerksamkeit zu buhlen«, sage ich etwas bedrückt.

»Ich dachte, Zucker in Zitrone getränkt …?«

»Ich würde so gerne mal wieder segeln«, ruft Tom dazwischen und geht ein paar Schritte zu Robbies elegantem Holzsegelboot rüber, das am Steg liegt. Er streichelt die Planken.

»Dann mach doch!«, sagt Robbie.

»Echt? Kann ich?«

Das war das Stichwort. »Ob du kannst …«

Pause.

»Weeß ick nich« – grölen wir alle die Antwort.

Herr Ulrich, unser Hausmeister im Wedding, hat uns jahrelang mit dem Spruch vor die Wand fahren lassen.

Seitdem verkneife ich mir jede Frage, die mit »Kann ich« oder »Können wir« anfängt.

»Na und ob ick kann! Wer ist dabei?«, ruft Tom. Einige überlegen, andere springen schon auf.

Es sind viel zu viele für das kleine Sportboot.

Bulle kommt mit dem gelb-grauen Schlauchboot über die Wiese gerannt. »Ahoi! Wir hängen noch das Schlauchboot dran!«

»Hat jemand eine Pumpe?«

»Ach was, das hält auch so.«

»Auf zu neuen Ufern!«, brüllt Bulle, und Tom ergänzt: »Auf nach Kladow!«

»Lasst lieber eure Handys hier, zur Sicherheit«, ruft jemand, und alle legen brav ihre Handys nebeneinander auf die unterste Stufe zum Steg.

»Man kann nie wissen«, ruft ein anderer, »es könnte ja ein Unwetter aufziehen.« Lachen.

»Oder die Nixe holt uns.«

Sie bemühen sich,
jeder Einzelne von ihnen,
gibt sein Bestes.
Sie suchen einen Weg.
Und sie halten sich, damit keiner fällt.
Sie stärken sich.
Und doch, sie überschätzen sich.
Sie werden es einsehen.
Sie werden noch mehr Kraft aufbringen müssen.
Noch viel mehr Kraft.
Ihre letzten Reserven werden sie brauchen.
Nur dann kann etwas erwachen,
kein Rat, kein Plan,
eine Ahnung vielleicht, mehr nicht.
Aber die
könnte ein Anfang sein.

VIII

2:26

Tom und Robbie hantieren mit Tauen und Seilen am Mast herum. Sie singen ein altes Seemannslied und stampfen dazu mit den Füßen.

Wir schunkeln im Rhythmus mit.

Wir sind alle vereint in dem Zauber dieser alten Seefahrtsweise. Man ist sofort erfüllt von einer tiefen Sehnsucht und – das ist fast körperlich – von einem unbeschreiblichen Fernweh. Die Seemänner sind bereit. Sie lassen alles hinter sich, alles, was ihnen lieb und teuer ist. Der Wendepunkt in ihrem Leben ist genau jetzt.

Alle grölen den Refrain mit:

Soon may the Wellerman come

To bring us sugar and tea and rum

One day, when the tonguing is done

We'll take our leave and go

Cora sitzt mit im Segelboot, sie sieht glücklich aus. Sie singt inbrünstig. Dann fährt mit einem Mal der Wind in das Segel, und die Realität holt alle mit unvorhersehbarer Wucht zurück. Tom und Robbie haben es irgendwie geschafft, nach mehreren Lachanfällen, jetzt halten sie die Flasche mit dem Whiskey in die Höhe, das Segel bläht sich im Wind auf, alle im Schlauchboot kreischen laut auf, als sich das ganze Gespann mit einem Ruck in Bewegung setzt. Das Boot gleitet geschmeidig und unerwartet schnell über die Wellen hinweg. Der Mond ist nicht zu sehen, tiefschwarz ist das Wasser, und der Himmel ist ein Glitzerzelt. Es möchte uns hineinsaugen in die sternenbetupfte Unendlichkeit, aber wir klammern uns an die Griffe am Schlauchboot und lachen ihr ins Gesicht, der Unendlichkeit.

Claire und ich lehnen die Köpfe weit nach hinten und geben uns Wind und Geschwindigkeit hin, bis unsere Gesichter von der Gischt ganz nass sind. Wir lachen und lachen und können nicht wieder aufhören. Nur mein Schluckauf holt mich wieder ein. War er zwischendurch weg gewesen? Mein Zwerchfell schmerzt unter meiner Brust.

Elias hat sich in einer Geschichte verloren, die mit Segeln anfing und inzwischen irgendwo bei einer Wanderung in den Alpen angekommen ist. Das ist seine Spezialität. Wenn er Geschichten erzählt, ist er mir am sympathischsten. Wenn die Geschichten nicht wären, denke ich, dann könnte ich nicht immer so gelassen bleiben gegenüber Elias. Aber leider ist Gelassenheit meine Stärke. Die Ruhe in Person, das bin ich, das unleidenschaftlichste Wesen auf der Erde.

Unbegreiflicherweise schafft es Elias dann irgendwie immer, am Ende seiner Geschichte den Bogen zu schlagen und genau da wieder anzukommen, wo er abgebogen ist, und die Geschichte wird mit Sicherheit von der Gletscherüberquerung wieder beim Segeln landen und dann auch ein rasantes Ende finden. Aber ich kenne eigentlich niemanden, der Elias in seinen Erzählungen folgen kann. Außer vielleicht Cora. Claire hat zumindest schon aufgegeben – obwohl sie ihm hin und wieder ein höfliches Lächeln schenkt. Doch als er gerade von dem aufziehenden Nebel zu berichten beginnt – ob Berg oder Meer, scheint jetzt keine große Rolle mehr zu spielen –, merken wir alle, dass irgendetwas nicht stimmt. Auf dem Segelboot vor uns ist die Stimmung gekippt. »Wasser!« Robbies Worte kommen nur abgehackt bei uns an. Elias begreift nach einer gefühlten Unendlichkeit als Erster und reagiert: »Wir sind zu schwer!«, schreit er. Ich lache, als hätte er einen Witz gemacht, doch als ich seinem Blick begegne, ganz kurz nur, werde ich sofort still. Aus seinen weit geöffneten Augen blitzt die reine Panik. So einen Blick kenne ich sonst nur von Jona. Und Jona guckt nur so, wenn er keinen Ausweg mehr sieht, wenn er nicht mehr weiß, was ihn noch halten kann, wenn er fällt.

»Das Schlauchboot muss ab«, schreit Bulle mit sich überschlagender Stimme. Und langsam, ganz langsam verstehe auch ich. Das Gewicht des Schlauchbootes hat das Segelboot ins Wasser gedrückt, sodass die Funktion des ein- und ablaufenden Wassers durch eine offene Klappe hinten im Sportboot gestört wurde. Jetzt steht das Wasser knietief im Segelboot.

Ich blicke auf den Boden vom Schlauchboot und sehe: kein Ruder. Ich blicke über das schwarze Wasser und sehe: kein Ufer.

Auf dem Segelboot bekommt Marta einen Lachanfall, und Tom fuchtelt wild mit den Armen.

Ich muss an Jonas Overall denken. Wenn Jona aus dem Haus geht, dann zieht er einen orangenen Regenoverall an. Man kann ihn deshalb immer gut sehen, wenn er dann über die S-Bahn-Brücke hinter unserem Haus geht. Ein leuchtender Warnfleck, der immer kleiner und kleiner wird – während seine Angst dort draußen immer größer wird, je weiter er sich vom Haus entfernt. Er hat jetzt eine Uhr gegen die Panik bekommen. Eine Uhr mit Telefon. Das war, als die zwei Wasserflaschen nicht mehr ausreichten. Claire hat unsere drei Telefonnummern eingespeichert. Wenn es schlimm wird, kann er auf einen Knopf drücken und unsere Stimmen hören. Die Gewissheit über die drei Knöpfe hat ihm schon oft geholfen, hat Paul erzählt. Er drückt ganz oft neben die Knöpfe, wenn er Unsicherheit spürt. Er vergewissert sich, dass sie da sind. Wenn er den Halt zu verlieren droht, dann streichelt er über die Knöpfe, beide Hände vor seinem Bauch haltend wie ein Schutzschild gegen Angriffe von vorne.

Robbie balanciert auf der Seite über das Boot, rutscht ab und fällt ins Wasser. Cora schreit auf. Nach einer halben Ewigkeit sehen wir Robbies Kopf, und dann passieren so viele Dinge gleichzeitig, dass der Verstand keine Chance mehr hat hinterherzukommen. Wir werden losgebunden und bleiben abrupt hinter dem Boot zurück und können nur noch zusehen, wie das Segelboot wie ferngesteuert einfach so vorne zuerst vom See verschluckt wird. Es sieht so aus, als ob es einfach weiterfährt, einfach hinein in das Wasser, so als ob der Wannsee eine geheime Tür geöffnet hat und den Segelbootfahrern Eintritt gewährt in seine Welt.

Es geht unter.

Ich versuche den Sinn dieser Worte zu verstehen.

Doch es dauert.

Es ging einfach viel zu schnell.

»Das geht doch gar nicht!« Bulles Stimme neben mir überschlägt sich. »Wie bitte soll das denn gehen? Ick meine, technisch?! Es muss doch irgendwelche Luftkammern oder so haben? Es kann doch nicht einfach so sinken?«

»Wie in eine Comic«, sagt Claire leise, »Blubb blubb blubb.«

Es ist einfach nicht mehr da.

»Oder wie in einem Film«, sage ich. Denn so etwas passiert schließlich nur in Filmen, andere Welten, die sich öffnen, gibt es nicht und sind auch nicht mein Filmgeschmack.

»Jetzt, es ist nicht gut ausgegangen.« Claires Stimme klingt noch immer stumpf. »*La sirena.* Sie ist ohne Herz.«

Ich zerre sie mit mir runter vom Boot und rein ins Wasser. »Los! Treten!« Wir schnappen nach Luft, so kalt ist das Wasser.

Wir hängen hinten und strampeln, bis wir nicht mehr können. Da sehe ich Robbie. Er kommt zu uns geschwommen. Und bei ihm schwimmt Marta. Bulle und

Elias helfen den beiden ins Schlauchboot hoch. Weiter, schreie ich, und wir strampeln. Wo bleibt Cora? Und Tom? Ich versuche den Punkt auszumachen, an dem das Segelboot untergegangen ist. Meine Augen schmerzen von der Anstrengung.

Wie lange es gedauert haben muss, das Boot zu konstruieren, es aus seinen vielen Einzelteilen zusammenzubauen, später dann noch zu lackieren – und das alles einzig und allein für den Zweck, über das Wasser zu fahren. Und jetzt? Von einer Sekunde auf die andere war es verschwunden, es wurde ausradiert aus dem Bild, in dem es doch eigentlich einen fest zugeordneten Platz innehat.

Dann sehe ich schwarze Punkte und höre Rufe, viel weiter rechts, als ich gedacht habe. Marta schreit irgendwas, und Elias zeigt in die Richtung, aus der die Rufe kommen. Niemand spricht ein Wort zu viel. Ich sehe Toms weiße Haare leuchten und neben ihm einen Punkt – oder ist es eine Täuschung? Es muss Cora sein! »Wer hatte noch mal die Idee, die Handys am Ufer zu lassen?«, fragt Bulle, und ich denke: Hoffentlich ist mit Jona alles gut. Den anderen Gedanken, den an Peer und Paul, lasse ich einfach nicht zu. Sonst würde ich losheulen. Einfach nur heulen. Wo ist die Gelassenheit hin, wenn man sie braucht?

Als wir bei Cora und Tom ankommen, müssen wir uns organisieren. Wir sind acht Personen und haben ein nicht ganz aufgepumptes Schlauchboot für höchstens sechs Personen. Und kein Ruder.

»Wir sind doch echt total bescheuert«, schreit Elias, »so was von bescheuert! Wie kann man nur so dermaßen bescheuert sein?!«

Ich sehe, wie Claires Hände sich an dem Seil festklammern, sehe ihre weißen Knöchel und spüre ihre Panik. Aber Aktion ist jetzt das Einzige, was hilft. Dann, nach einer gefühlten Ewigkeit, sind Cora und Tom im Schlauchboot.

Tom stottert: »Das Segelboot, man kann es bestimmt wieder rausholen, das lassen wir gleich morgen früh machen, oder wir machen es einfach selber irgendwie …«

»Das Boot ist doch jetzt egal«, unterbricht Robbie ihn.

»Lotte und Claire müssen wieder hoch ins Boot, dafür müssen zwei andere ins Wasser, immer abwechselnd. Mehr als sechs können nicht im Boot sitzen.«

Cora übernimmt das Kommando. Das war immer schon so. Je dramatischer die Situation, je größer der Schock, desto ruhiger und klarer wird Cora. Sie kann alle ihre Ängste und Sorgen ausblenden. Oder aber, denke ich, vielleicht ist es für sie auch bloß der Normalzustand. Vielleicht ist ein Schiffbruch für sie nicht anstrengender zu bewältigen, als viele Gäste auf einer Partywiese zu begrüßen. Alle Sorgen, alle Ängste, all das, was das Leben so zentnerschwer werden lassen kann, wenn man mal für einen Moment nicht aufpasst, müssen weggesperrt werden, die Hexe muss weggesperrt bleiben. Das kostet Kraft – aber es hilft auch weiterzumachen. Nicht loslassen, schlappmachen, kapitulieren, sich ergeben, den Laden dicht machen, die Segel streichen.

Ich werde von zwei mal zwei Händen aus dem Wasser in die Höhe gezogen. Das Boot liegt tief im Wasser, und hinten, da wo wir uns festhalten, schwappen die Wellen beinahe hinein. Bevor ich ins Boot gehoben werde, lassen sich Elias und Marta ins Wasser, sie haben sich ihre Kleider bis auf die Unterwäsche ausgezogen, das Boot schaukelt, und plötzlich rutschen meine Hände mit einem Ruck ab. Wie in Zeitlupe sehe ich ihnen dabei zu, wie zuerst die eine Hand ihren Halt verliert und dann durch den Schwung auch die zweite Hand aus dem sicheren Griff gerissen wird, dann sehe ich noch, wie die Hand über mir versucht, von oben nachzugreifen, um mich doch noch zu packen, noch im Fallen aufzuhalten, doch die Hände sind nass und rutschig, und ich spüre, wie das Wasser schwer an mir zieht, und mir wird bewusst, dass keine Hand der Welt diesen Sog jetzt noch aufhalten könnte. Während ich untertauche, sehe ich noch sekundenlang die Hand, die sich mir entgegenstreckt, sehe sie wie ein Bild, obwohl die Welt über mir schon längst verschwunden ist. Mit einem gewaltvollen Zusammenprall der Wassermassen über meinem Kopf ist das verschwunden, was mein Leben ist. Das, was ich zum Leben brauche. Ich rutsche weiter hinab, immer weiter, die Hand wird unwirklich, verschwindet jetzt endgültig vor meinen Augen, und ich gleite in die Tiefe. Das Wasser ist jetzt überall, es tost in meinen Ohren, es lässt mich seine Kraft spüren. Es zieht an meinen Füßen, es sagt: Ihr gehört nicht hierher, hier müsst ihr kämpfen. Es fordert meine Unterwürfigkeit. Ich rudere mit den Armen das Wasser nach unten und trete mich gleichzeitig mit den Füßen hoch, wieder zurück an die Oberfläche. Ich hole Luft. Das Leuchten der Sterne ist auf meiner Seite. Ich rufe und winke und schwimme zum Boot, das weitergetrieben ist. Da spüre ich an meinem Bein etwas entlanggleiten. Es ist ein Körper, er bewegt sich, ein Fisch, denke ich noch, ein großer Fisch, bevor mich ein entsetzliches Grauen überkommt und alles Denken erstickt. Ich trete wild um mich, das Wasser spritzt und schäumt, da spüre ich es wieder, dieses Mal streift es meine Hand, und das, denke ich trotz aller Panik, ist ungeheuerlich, ist übergriffig, denn meine Hand ist ja schon fast die Wasseroberfläche. Das ist meine Welt, will ich rufen, aber auf einmal weiß ich nicht mehr, wo oben und unten ist, und meine Kraft lässt nach. Doch noch pumpt das Adrenalin und lässt mich schreien und schwimmen, und ich komme dem Boot wieder näher. Die anderen winken und rufen durcheinander und zeigen auf mich, Tom holt mich hoch, ich stürze in seine Arme, ich zittere, ich starre auf das Wasser, es ist nichts zu sehen, keine Bewegung.

»Lass alles raus«, sagt Marta und hält mich mit fest. Und Claire wiederholt nur noch: »*La sirena, la sirena, la sirena*«, bis Elias ruft, dass sie endlich still sein soll: »Es gibt keine verdammten Nixen.«

»Nenn es, wie du willst, es gibt viele Namen, aber sie will uns nehmen«, antwortet Claire, ohne sich zu ihm umzudrehen.

»Du meinst wohl holen«, murmelt Elias spöttisch.

»*No*«, sagt Claire energisch, »sie will uns nehmen die Kraft zu leben.«

Marta funkt dazwischen. Sie ist jetzt richtig geladen, man kann es an ihrer Stimme hören. »Es läuft grad mal ausnahmsweise nicht alles so, wie es in dein kleines Weltbild passt, kapier doch mal: Wir haben es gerade nicht unter Kontrolle!«

Marta schluchzt laut auf. Aber Elias lässt das nicht auf sich sitzen. »Oh Marta, die oberschlaue Marta, hört, was sie zu sagen hat. Sie weiß es zwar auch nicht besser, hat keine Ahnung, aber macht alle fertig, die nicht mitspielen wollen bei ihrem neuen Spiel ›Kommt, wir retten die Welt!‹ …«

Marta guckt überrascht hoch. Das hat niemand kommen sehen.

»Leute, wir dürfen unsere Kräfte jetzt echt nich verpulvern«, versucht Bulle zu schlichten. Ich versuche, Martas Hand zu drücken, aber sie zieht ihre weg. Sie steht auf und schwankt etwas. Ihr fehlen die Worte. »Es geht nicht um mich oder um dich.« Sie schluchzt auf, dann holt sie aus und feuert Elias eine Ohrfeige ins Gesicht, dass es laut klatscht. Elias steht mit offenem Mund da. Er findet keine Worte mehr, aber zum Glück kann Robbie ihn rechtzeitig zu sich runterziehen.

»Alle kann man eben nicht retten«, sagt er noch.

»Spinnst du?«, rufe ich, »spinnst du jetzt eigentlich total?«

Und ich weiß gar nicht genau, wen von beiden ich meine. Cora weint. Sie hält das genauso wenig aus wie ich. Aber gleichzeitig denke ich an Jona und weiß, dass es sein muss.

»Die anderen werden uns retten, sie holen Hilfe, sie

werden uns retten, ganz sicher.« Bulles Stimme klingt weniger zuversichtlich als sonst, eigentlich könnte man sagen, sie klingt grauenhaft unzuversichtlich.

Aber es ist genau diese Vorstellung, die uns weitermachen lässt. Wir glauben wie alle Schiffbrüchige, dass wir gerettet werden. Alle, die im kalten Wasser kämpfen, malen sich den Moment ihrer Rettung aus. Sie stellen sich vor, wie das Schiff kommt, das andere, größere Schiff. Sie malen sich aus, wie es aussieht und wie die Menschen auf dem Schiff aussehen, ihre Retter. Dann sehen sie es vor sich, ganz genau, bis ins kleinste Detail sehen sie es vor sich, wie sie in dicke Decken gewickelt auf dem größeren Schiff sitzen, in Sicherheit, wie der Schrecken ein Ende gefunden hat und wie sich langsam, und auch das können sie schon regelrecht spüren, langsam die Erleichterung breitmacht, noch am Leben zu sein.

Ich muss an die Schnepfen denken. Vielleicht macht es mein Vater genau richtig, vielleicht muss man nur daran glauben, einfach felsenfest daran glauben, dass alles immer weitergeht. Dann geht es das vielleicht auch. Vielleicht kommen die Schnepfen eines Tages wieder, und es ergibt am Ende alles Sinn. Und bis dahin hat mein Vater seine Ausrede für die regelmäßigen Frühlingsspaziergänge in den Wald, die er jedes Mal so genießt. Und man spart sich ganz einfach enorm viel Kraft.

Ich sehe Jona vor mir und höre ihn, wie er in seiner leisen Stimme sagt: »Ein gutes Ende kann es nicht mehr geben.«

Und dann ist es schon zu spät. Ich spüre wieder die Panik in mir hochwallen, ich kann sie nicht aufhalten, sie ist wie eine fremde Macht, die Besitz ergreift und, Claire hat recht, alles von mir haben will. Ich selbst habe nichts mehr zu melden. Ich muss mich unterordnen.

Ich drehe mich um und kotze ohne Halten alles auf einmal raus, rein ins Wasser. Nimm das! Und es tut gut. Es schafft wieder Platz. Es ist nicht meine Angst, es ist mein Überlebenswille, will ich ihm zurufen. Und den besiegst du nicht!

Tom und Cora halten mich fest. Ich schluchze laut auf.

»Wenn das Schlauchboot die Luft gibt, dann es ist aus«, sagt Claire leise. »*El fin, nada más.*«

Bulle ruft: »Am besten nur fünf im Boot! Wir dürfen nichts riskieren! Ich schwimm ans Ufer. Ich hole Hilfe.«

»Auf keinen Fall, das schaffst du nicht, das Ufer ist viel zu weit. Das schafft niemand. Die Wellen sind zu hoch. Und außerdem sind da die Drogen. Wir dürfen uns nicht übernehmen«, widerspricht Tom.

»Ich nehm nie eure Drogen, das müsstest du doch wissen. Ich bin immer der, der aufpasst. Ob in der Bar oder auf der Wiese oder auf dem Wasser.« Bulle versucht ein Grinsen. Dann sagt er mehr zu sich selbst: »Ich halte das Warten nicht aus. Dieses Rumsitzen auf dem Boot. Das halte ich nicht länger aus – es muss was passieren, auf der Stelle!«

Er zieht sich die Hose aus und springt in seinem Schlüppi ins Wasser und beginnt mitzustrampeln und das Schlauchboot anzuschieben.

Robbie gibt uns ein Zeichen. Wir verstehen. Tom, Cora und ich ziehen zu dritt an seinen Armen, aber wir merken ziemlich schnell, dass es nicht geht. Robbie ist viel zu schwer. Er hat nicht die Kraft, sich mit hochzuhieven. Er ist wie ein zentnerschwerer schlaffer Sack. Robbie lacht gequält. »Es geht nicht, ich schaff's nicht hoch.«

»Doch«, sagt Tom, »natürlich schaffst du es, auf drei: eins, zwei …«

Ich schaue zu Tom. Sein Gesicht verrät seine Ratlosigkeit, er überlegt fieberhaft, wie man Robbie aus dem Wasser holen kann. Er versucht es mit allen Kräften, aber Robbie ist zu schwer, und das Boot bietet keinen Widerstand, es ist zu weich, zu nachgiebig, und das Wasser zu stark.

»Es geht nicht«, Cora ist verzweifelt. »Das kann doch nicht sein! Los, noch mal!«

Die anderen ziehen mit, und Robbie rutscht auf den Rand vom Boot, er liegt da wie ein gestrandeter Walfisch, vollkommen hilflos, grotesk in seiner ganzen massiven Größe – und rutscht dann in Zeitlupe, ohne dass wir irgendetwas dagegen unternehmen können, wieder runter. Seine Augen sind weit aufgerissen und blicken uns an. Er schreit nicht, er tobt nicht. Wir können nicht mehr, wir brauchen eine Pause.

»Dann bleib ich halt im Wasser«, sagt Robbie, gütig wie immer. Aber Cora schreit auf, und Tom lässt sich runter in den See. Wortlos gibt er ein Zeichen und taucht und schiebt Robbie von unten. Beide rutschen ab und fallen zurück in das pechschwarze Wasser. Es verschluckt sie. Cora schreit noch immer. Dann setzt der Verstand wieder einmal aus. Es ist zu viel, was er bewältigen müsste, logische Abfolgen, physikalische Gesetze, zwischenmenschliche Kräfte, menschlicher Wille. Irgendwann haben wir es irgendwie geschafft. Robbie hockt im Boot, er kauert, er sagt gar nichts mehr. Er hat seinen Kopf in seinen Armen vergraben. Cora sitzt bei ihm.

Endlos langsam bewegen wir uns unter dem riesigen Zelt der Sterne voran. Die Stille legt sich über uns wie eine Decke, die uns ersticken will. Es wird kalt.

Und dann vergeht die Zeit.

Die Kleider sind schwer und nass und eiskalt in der Nachtluft. Man könnte denken, dass die Zeit in angstvollen Momenten besonders schnell vorübergeht, dass sie einem Strudel gleich dahinrast, die Gedanken im Kopf tun es ja schließlich auch – aber das Gegenteil ist der Fall. Es kommt mir vielmehr so vor, als sei die Zeit stehen geblieben – alle Menschen auf dem Land müssen erstarrt sein, sie verharren in ein und demselben Augenblick, während wir hier versuchen, uns als Schiffbrüchige zu organisieren, versuchen, uns im Wasser zu orientieren, und mit aller Kraft daran arbeiten, nicht durchzudrehen.

Und das Wasser um uns herum, unter uns, in seiner ganzen bodenlosen Tiefe macht einfach weiter. Es bleibt in Bewegung, kann nur das eine, lässt ein Innehalten nicht zu, will uns auch keine Pause gönnen. Schon deshalb ist es zu viel für uns. Es ist immer stärker als wir, es wird immer gegen uns siegen.

Tom sagt tonlos: »Das war klar. Das musste passieren. Das ist doch immer so, ich meine in allen Filmen, Romanen, Theaterstücken. Es ist eigentlich seit Urzeiten immer dieselbe Geschichte, die wir uns erzählen. Zuerst kommt der Übermut. Dann kommt die Katastrophe. Und nichts kann sie aufhalten. Die Frage ist doch, warum wir nie …«

»Ach, hör doch auf!«, fährt Elias ihn an. »Jetzt ist wirklich nicht der Moment!«

Aber wir wissen sofort, was Tom meint. Er meint Phaeton.

»Elende Selbstüberschätzung, elende …«, sagt Tom – oder Phaeton? Und Robbie muss sogar ein klein wenig lachen.

Er ist schon wieder die Zuversicht in Person. »Ich bin mir sicher, dass wir die Nixe inzwischen vergrault haben. Sie will uns gar nicht mehr.«

»Sag das nicht zu laut. Vielleicht will sie uns erst, wenn wir vollkommen willenlos sind«, sagt Tom. »Die Wege der Götter …«

»Und die beiden Angler haben uns bestimmt längst gehört und Hilfe gerufen.« Robbie spricht weiter beruhigend auf uns ein.

»Wie kannst du dir immer so sicher sein?«, frage ich kraftlos. »Und was wäre, wenn es mal nicht gut ausgeht?«

»Das ist doch Quatsch. Wir werden hier nicht im Wannsee ertrinken. Morgen lachen wir drüber.« Ich weiß nicht, wie er es immer wieder schafft, aber ich glaube ihm jedes Wort und bin schon wieder etwas ruhiger.

Da höre ich es. Wir alle hören es gleichzeitig. Es ist ein Motor, er durchbricht die Nacht mit seinem dumpfen monotonen Rattern. Was für ein Geräusch! Wir lachen auf. Es ist die Rettung, ich bin mir mit einem Mal ganz sicher, so wird die Geschichte ausgehen. Ich sehe es schon vor mir, wie wir sie erzählen werden, vielleicht schmücken wir sie hier und da noch etwas aus, vielleicht kommt Robbie in der Erzählung gar nicht mehr aufs Boot zurück, wer weiß? Die Richtung? Anderes Ufer irgendwo, die Gedanken? Werden hinweggefegt, überrannt, denn jetzt zählt nur noch eins. Wir beginnen alle gleichzeitig, ohne zu sprechen, ohne uns auch nur anzugucken, schreien wir los. Wir rufen: »Hiiiiilfe!«, wir brüllen: »Hier, hier, hier!« Wir winken und kreischen: »Haaaaaallooo!« Unsere Stimmen überschlagen sich, wir geben alle Kraft hinein, es ist unglaublich laut, es tut in den Ohren weh, wir haben eine Kraft, die sich sehen lassen kann, aber als wir irgendwann innehalten, Luft holen müssen, ist das Motorengeräusch nicht mehr zu hören. Vielleicht war es aber auch gar nie da gewesen, vielleicht war es so was wie eine Halluzination?

Es ist still. Nach dem Lärm stülpt sich die Stille tonnenschwer auf uns, sie erdrückt uns, sie zerquetscht die Luft zum Atmen unter sich.

»Und jetzt? In welche Richtung müssen wir überhaupt?« Tom versucht das Zittern zu unterdrücken.

Alle haben die Orientierung verloren. Es gibt nur Wasser und Sterne. Und es ist kalt geworden.

»Das Land verlassen zu haben war vielleicht schon

die größte Grenzüberschreitung. Vollendeter Leichtsinn, der schon so viele Tausend Male schiefgegangen ist.«

»Stellt euch nicht so an«, Elias war in einer Eliteeinheit bei der Bundeswehr und scheint sich an irgendwelche Verhaltensregeln für den Ernstfall zu erinnern. »Wir werden es alle überleben. Das hier ist nicht die Titanic. Nicht mehr lange, dann wird es wieder hell. Boote werden aufs Wasser fahren, man wird uns retten. Wenn wir es nicht vorher schon selbst ans Land geschafft haben.«

Regel Nummer 1 lautet vielleicht: Die Lage realistisch einschätzen. Den Feind nicht größer werden lassen, als er ist. Das Überleben steht an erster Stelle. Alles andere ist nebensächlich, muss ausgeblendet werden.

Als es bei Jona schlimmer wurde, hat Claire überlegt, ihn an einer anderen Schule anzumelden. An der Schule wird ökologisch gekocht, viel Zeit in der Natur verbracht, und die Kinder werden vor den aktuellen Ereignissen größtenteils abgeschirmt. »Das Kind ist schwach, es ist sensibel. Hier können wir es schützen. Aber«, sagte die Lehrerin zu Claire, »vielleicht sollte man mal etwas gegen diese Ängste unternehmen.« Es sei schwer, den anderen Kindern zu vermitteln, dass das mit dem Verdursten keine ernst zu nehmende Bedrohung sei. Die Hitze würde uns hier nicht töten. Nicht so schnell zumindest. Und er könne auch nicht immer eine Wasserflasche bei sich haben. Sonst würden die anderen Kinder auch Ausnahmen einfordern.

Die Schule war ein Fehler. Die Lehrerin hörte nicht zu. Sie lächelte nachsichtig und schüttelte voller Unverständnis ihren Kopf.

Und Jona ertrug es nicht einmal eine Woche lang. Mit der Lehrerin und ihrer Gleichgültigkeit gegenüber dem, was in ihm brannte. Er hörte wieder einmal auf zu essen. Seine Träume kamen zurück. Jona weiß immer sofort, ob ihm etwas guttut oder nicht, und dann wehrt sich sein Körper. Nachts hilft dann das Gluckern des Aquariums neben seinem Bett, es ist eins ohne Fische, es ist einfach das, was es ist: ein Wasserbehälter. Er selbst nennt die Wasserflaschen, das Aquarium und auch die Wassergeräusche, die er auf seinem Handy abspielen kann, seine »Superwaffen«. Claire ist die beste Superwaffen-Erfinderin der Welt.

Und wenn etwas schlecht für ihn ist, dann kann man es Jona auch nicht schönreden. Er durchschaut jedes Bemühen der Erwachsenen. »Würdet ihr das wollen, schnitzen und malen und Theater spielen, so, wie es dir gesagt wird, dass du es spielen sollst, während draußen alles immer heißer wird?«, hatte er damals gefragt.

Wie Schimmel, der sich ausbreitet irgendwo in einer Ecke der Wohnung. Und ohne hinzugucken, weiß man, dass er wächst, aber wenn man hingucken würde, müsste man was unternehmen.

Jona will etwas anderes. Er will unsere ehrliche Auseinandersetzung.

Also strengten wir uns an für ihn. Wir bauten Hochbeete und pflanzten Blumen und Tomaten im Hof. Kein großer Beitrag für die Rettung der Erde vielleicht, aber es hatte den Vorteil: Wir waren den ganzen Frühling über beschäftigt. Wir wurden zu einer Gemeinschaft und waren aktiv.

Doch für Jona reichte es nicht. Jona ist wie ein geschwächtes Tier, das gejagt wird. Es weiß nicht, wo es sicher ist.

»Die Erwachsenen sagen: ›Du darfst nicht alles glauben, was du im Fernsehen siehst‹, und ›Das verstehst du noch nicht.‹ Sogar die Psychologin in der Schule hat das gesagt.

Aber sie wissen nicht, dass es dann nur schlimmer wird, wenn ich versuche, nicht daran zu denken. Dann erwischt es mich unerwartet. Dann bin ich nicht gewappnet. Also muss ich mich vorbereiten, und ich muss aufpassen, immer und überall, ich brauche meine Superwaffen, sonst ist es vielleicht zu spät. Denn es passiert so oder so, erst der Schock und dann die Panik. Die Erwachsenen zucken mit den Schultern. Sie lachen über meine Wasserflasche und sagen, sie wissen auch nicht, wie sie helfen können. Dabei sind sie wahrscheinlich die Letzten, die noch was tun können.«

Ganz plötzlich überkommt mich eine unbändige Sehnsucht nach Peers Körper. Nach seinen Schultern, nach der Wärme seiner Haut. Ich schluchze laut auf. Ich möchte in Peer versinken, möchte mich nie wieder von ihm loslösen müssen. Ich bin von so großer Liebe zu ihm erfüllt, dass es mich von innen zersprengen muss, aber gleichzeitig auch voller Wut auf ihn, dass er mich allein lässt, dass er nicht da ist, um zu helfen. Dass er lieber bei seinen Vögeln ist. Ich muss über mich selbst lachen und fühle mich gleichzeitig unendlich verlassen und verloren.

IX

Irgendwann in der Nacht

Wir ziehen Elias und Cora hoch, Claire und ich sind wieder dran. »Halt, ich bin wieder«, sagt Robbie, aber alle rufen gleichzeitig aus: »Nein!« Mir wird klar, dass es noch nicht gesagt ist, wie das alles hier ausgeht. Aber ich glaube daran, dass es gut ausgeht.

»Warten auf das Unaufhaltbare«, sagt Cora.

Bulle schaudert und prüft die Luft im Schlauchboot. Er zittert so stark, dass seine Knie gegeneinanderschlagen.

»Haben wir es überhaupt in der Hand?«, fragt Robbie, und ich überlege: »Hätte Phaeton eine Chance gehabt?«

»Och nö, Lotte«, ruft Elias. »Hört doch mal auf damit!«

»Hast du eine bessere Idee?« Ich bin mir plötzlich sicher, dass wir genau das jetzt brauchen, es lenkt uns ab, es kann uns vielleicht sogar neue Kräfte verleihen.

Bulle hat anscheinend die gleichen Gedanken. Er beginnt zu sprechen, mehr zu sich selbst. »In meinem Leben gab es einen Moment, in dem ich aufbegehrt habe. Wie Phaeton. Und die Wahrheit ist: Ich warte bis heute auf die Strafe dafür, ja wirklich, ich erzittere jeden Tag.«

Tom lässt das Wasser aus dem Schlauchboot in eine leere Bierflasche laufen. Das Wasser gluckert laut, als protestiere es.

Niemand traut sich nachzufragen.

Doch Bulle beginnt von alleine zu erzählen.

Er war damals 18 Jahre alt, und er und seine Freundin waren frisch verliebt. Sie war so was wie das tollste Mädchen von der Schule. Er war so unendlich verliebt wie noch nie zuvor. Der erste Urlaub zu zweit, in Italien, irgendwo am Strand. Es war wie ein Traum. »Wir lebten einfach in den Tag, es gab keinen Anfang und kein Ende.« Es war die pure Lust am Leben.

»Es war ein Geschenk, das sah ich schon.«

Dann nach dem Sommer der Anruf. Schwanger. Was jetzt?

»Wir waren wie gelähmt, wie ferngesteuert, manchmal fragte ich mich, ob wir überhaupt noch waren? Haben wir zu viel vom Glück gehabt, dass wir derart geprüft wurden?

Ich habe sie überredet abzutreiben. Ich habe das Geld von meinen Eltern bekommen. 400 Mark. Und bis heute bin ich hin- und hergerissen: Wir waren jung, wir durften uns dagegen entscheiden, denke ich einerseits, und dann sofort wieder: Es war nicht richtig, es war anmaßend, es war ein Verbrechen. Und die Frage, die mich seitdem immer quält«, sagt Bulle, »kann ich es irgendwie wiedergutmachen?«

»Ich glaube, ich war danach nie wieder richtig verliebt«, fügt er noch hinzu. »Ich schätze, das habe ich mir nicht mehr erlaubt. Es hat mich abstumpfen lassen. Den

Glücksgefühlen konnte ich nicht mehr trauen. Kannste knicken, Feierabend fürs Engelsgeläut!«

Claire dreht sich zu Bulle um. »Und wenn das schon der Preis war. Die *tortura*. Dann bist du vielleicht schon längst, wie sagt man, wenn es kein Sieger gibt, fertig?«

Ich greife ein. »Ich glaube auch nicht an dieses Aufrechnen. Es ist vielleicht naiv, aber ich glaube nicht an dieses Wippen der großen Waage, ich glaube eher daran, dass es weitergeht. Also nicht die Wippe, die in der Schwebe bleibt, sondern mehr so wie ein Rad, das weiterrollt.«

Tom dreht sich zu mir. »Und? Hätte Phaeton denn eine Chance gehabt?« Es scheint ihm wirklich wichtig zu sein, er hält inne mit der Flasche, um besser hören zu können. Niemand hat so recht Lust auf die alten Griechen. Sie erscheinen endlos weit weg, noch weiter als sonst.

Robbie bricht das Schweigen: »Ich sage Nein. Das Schicksal war bei den Griechen nicht zu beeinflussen. Keine Chance. Nicht einmal die Götter konnten es mit dem Schicksal aufnehmen.«

»Ja, glaub ich auch, aber«, stimme ich etwas unmotiviert zu, »diese Mythen dienten bei den Griechen doch vor allem dazu, den Menschen und sein Eingreifen kleinzuhalten: Schluckt es, ihr seid machtlos! Ihr habt keine Chance.«

»Und was«, überlegt Tom weiter, als hätte er nur darauf gewartet, diesen einen Gedanken endlich loszuwerden, als hätte er ihn schon sehr lange mit sich herumgetragen, »und was, wenn es in Wirklichkeit einen anderen Grund gab? Wenn es ihm nicht einfach bloß darum ging, einmal die Macht zu spüren, die Sonne zu lenken? Was, wenn er wirklich etwas verändern wollte, etwas verbessern, zum Wohle der Menschheit? Mehr Sonne für alle?«

Robbie schüttelt den Kopf. »Nicht bei den Griechen. Wer sich einsetzt gegen Ungerechtigkeit, der wird genauso abstürzen wie der, der nur selbst immer hoch und höher will. Die göttliche Strafe schickt die Menschen zurück an ihren Platz, ab ins Körbchen.«

»Und was passiert jetzt mit uns?« Man hört ein erleichtertes Aufatmen, dass Claire uns von den alten Griechen erlöst. »Ich habe das Gefühl, *la sirena* hat uns vergessen … Was soll das hier noch?«

Ganz hinten am Rand des Himmels wird ein zarter Schimmer sichtbar, fast wie eine Sinnestäuschung, aber immerhin so stark, dass das Schwarz etwas abhebt und auf einmal ein Unterschied zwischen dem Schwarz des Wassers und dem Schwarz des Himmels auszumachen ist. Und das Ufer zeichnet sich ab. Der Schimmer gibt uns eine Orientierung. Wir wissen wieder, wo wir sind. Tom und ich lehnen uns weit über das Boot und rudern mit den Armen. Auf einmal haben wir eine Gleichung, die aufgeht: Schimmer = Osten = Ufer.

Jetzt schwimme ich wieder, das Wasser hat seine Farbe verändert. Es ist keine besonders vielversprechende Farbe, ein stumpfes, dunkles Grau. Und es scheint auch schwer wie Beton. Ich kann meine Beine kaum bewegen, das Gewicht des Wassers, es hat viel größere Kräfte.

Als ich wieder oben bin, sitze ich neben Claire.

»Und was ist eigentlich mit der Whiskeyflasche passiert?«

Irgendjemand greift nach unten zwischen die vielen Beine, die sich in der Bootsmitte zu einem einzigen großen Knäuel verschlungen haben, und holt die Flasche hervor.

Der Whiskey wärmt uns in diesem kältesten Moment der Nacht ein wenig.

Ich lege den Arm um Claire. »Es wird schon alles gut sein bei den Jungs«, will ich sie beruhigen und vergesse, dass ich ihr gar nicht von den letzten Anrufen erzählt habe.

Claire erstarrt.

»Was meinst du?« Es bleibt mir nichts anderes übrig. Sie wird es ja so oder so erfahren.

Ich versuche, es harmlos klingen zu lassen. Aber Claire erstarrt. Sie steht auf, greift meine Schultern, will etwas sagen, findet keine Worte, setzt sich wieder. Ich verstehe ihre Reaktion nicht, ich schiebe es auf die Erschöpfung.

Claire schüttelt ihren Kopf. »Warum? Warum hast du nichts gesagt?!« Dann sackt sie kraftlos zusammen. »*No no no, por favor, no!*«, stammelt sie unter Tränen. Dann blickt sie mich an. »Ich wäre niemals mitgekommen auf dieses *barco jodido*! Ich wäre sofort zu Jona gefahren!«

Ich verstehe immer noch nicht ganz. Jonas Zusammenbrüche passieren auch manchmal, wenn sie nicht in der Nähe ist, in der Schule oder bei uns in der Wohnung. Aber jetzt erzählt Claire, was sie uns nicht erzählt hat. Um uns zu schonen. Sie erzählt, dass Jonas Zustand schlimmer geworden ist. Ihre Stimme klingt nicht mehr wie ihre Stimme, völlig leer und tonlos klingt sie, sie erzählt, dass Jona ihr gesagt hat, dass er es nicht mehr aushält, dass er in den Momenten, wenn es schlimm ist mit dem Brennen, nicht mehr weiß, wie er es schaffen soll. Dass der Kampf nichts mehr bringt, dass er nicht gewinnen kann. Und dass er immer leerer wird.

»Und er war schon mal an diesem Punkt.« Claires Stimme ist jetzt ganz ohne jeden Ton. »Das war, bevor wir nach Berlin gekommen sind. Wenn die Attacken schlimmer werden, dann er schafft es vielleicht nicht mehr.« Sie macht eine Pause. »Er weiß nicht mehr, wo er Kraft finden kann, du verstehst?«

Es scheint unendlich lange zu dauern, bis irgendwann zu mir durchdringt, was Claire zu sagen versucht, obwohl es dafür keine Worte gibt, keine Worte geben darf. Auf einmal verstehe ich. Meine Kehle ist wie zugeschnürt. Ich sehe plötzlich die Nachricht von Peer, die ich aus den Augenwinkeln gelesen habe, als ich das Handy auf den Steg legen wollte. Ich hatte sie gar nicht richtig wahrgenommen.

»Wir gehen schlafen. Die beiden wollen jetzt auf dem Balkon übernachten, es ist so warm in der Wohnung.«

Ich sehe unseren Balkon vor mir, im 4. Stock, und darunter die S-Bahngleise. Der Schreck fährt so unerwartet heftig durch mich durch, dass mir die Luft wegbleibt. Ich ringe gegen das Ersticken. Das wird nicht passieren!, sage ich mir selbst, und Marta versucht uns zu beruhigen. Aber Claire steht jetzt wieder auf, und ein markerschütternder Schrei fährt aus ihr heraus, er ist so laut und voll, dass er den ganzen Himmel zu erfüllen scheint, dass die ganze Welt ihn hören muss. Wir sind still. Fast alle schluchzen. Claire setzt sich wieder, kraftlos, wie betäubt wiegt sie ihren Oberkörper hin und her. Das, fährt es mir durch den Kopf, würde alles mit einem Mal zerstören. Es würde uns die letzte Chance nehmen. Bitte, bitte, denke ich, lass es uns noch mal versuchen dürfen, auch wenn es vielleicht nichts ändert, auch wenn es vielleicht vergeblich ist. Und ich bin bereit, die unsinnigsten Handel einzugehen.

Der Himmel über Berlin ist jetzt tieforange. Wie Wasserfarben fließen die Töne langsam in den Himmel hinein, verbreiten sich über die ganze endlose Weite, verblassen zum Rand hin und hinterlassen überall dort, wo sie waren, Licht. Jetzt erkennt man das Ufer, den Wald, das lang gestreckte Strandbad Wannsee weiter vorne.

Noch vor einigen Minuten hätte dieses Licht uns neue Kräfte geschenkt, aber jetzt sind wir zu erschöpft. Es kann uns keinen Trost mehr schenken.

Langsam werden wir ruhiger. Bulle wiegt Claire, die noch immer von Schluchzern geschüttelt wird.

Plötzlich denke ich wieder an meine Großmutter. Im Dorf nannten sie alle bloß die »Frau Gräfin«. Die Menschen verehrten unsere Großmutter, denn sie hatte für alle ein Ohr. Die Menschen waren ihr nicht egal. Stundenlang hörte sie ihnen zu. Auf einmal wünsche ich mir nichts mehr, als bei ihr zu sein. Eine Sehnsucht überkommt mich, so groß, dass ich es fast nicht aushalte. Ich möchte sie fragen, was sie machen würde, heute. Welche Antworten, welchen Trost hätte sie für uns – und für Jona. Du wüsstest eine Antwort, da bin ich mir sicher. Du hattest deinen Glauben, der dir Kraft gab. Die Menschen um sie herum verehrten dich nicht umsonst. Du hattest keinen Zweifel.

Die Zeit vergeht, und wir kommen dem Ufer kaum näher. Noch immer ist kein Schiff auf dem Wannsee zu sehen, die Welt schläft noch. Wir müssen gegen die Strömung ankämpfen, aber wir sind jetzt gut im wortkargen Abwechseln im Wasser geworden.

Nur Marta spricht. »Es kommt mir vor, als hätten wir etwas Wichtiges verlernt. Als hätten wir vergessen, wer wir sind. Ich hatte noch nie so schmerzhaft das Gefühl, etwas zu vermissen. So etwas wie Hoffnung. Oder einfach Vorfreude. Aber es ist leer in mir. Wo ist es geblieben, dieses wohlige und schwindelerregende Gefühl, das früher immer da war, wenn wir uns vorgestellt haben, was noch alles kommt?«

Ich schluchze laut auf.

Claire scheint wieder Kraft geschöpft zu haben. »Man muss doch hochfahren, oder wie sagt man, für das, wofür man lebt. Sonst man ist nur noch ein nasser Schwamm, den alle drücken, *no*?«

Ich schaue überrascht hoch. »Hochfahren klingt richtig gut«, sage ich.

Ich atme auf und umarme Claire.

Du musst nicht die Welt retten, höre ich meine Großmutter sagen, aber die Entscheidungen, die du triffst, die
bestimmen die Welt mit. Du bist nicht freigesprochen,
dich zu entscheiden. Immer wieder musst du es tun.

Ich will noch was fragen, will noch mehr hören, doch
dann verliere ich dich wieder.

Gleichzeitig spüre ich deine Kraft jetzt in mir.

Ich schiebe ein paar Beine vor mir vorsichtig zur Seite
und setze mich neben Cora. Die anderen rutschen aus-
einander. Cora ist erschöpft, aber sie lächelt mich tapfer
an. »Zusammen schaffen wir das. Was für ein Glück,
dass wir zusammen sind.«

Es hat mich schon immer umgehauen. Auch in
der tiefsten Aussichtslosigkeit bewahrt sich die große
Schwester dieses Urvertrauen, dass alles gut wird. Vielleicht ist es das, was sie von unserer Großmutter und
ihrem Glauben mitgenommen hat. Ich wärme mich an
ihr, ich friere aus Übermüdung. Ich sehe sie an. Auch
wenn sie mit vielen kleinen Themen hadert, mir fällt
zum ersten Mal auf, dass sie noch nie damit gehadert
hat, dass sie so viel hadern muss in ihrem Leben, dass
sie es so viel schwerer hat als andere.

Und ich bewundere sie. In solchen Momenten ist sie
die Stärkere von uns beiden. In Sachen Schicksal kennt
sie sich aus. Sie ist eine Schicksalsexpertin.

Der Wind wird stärker, es klatscht leicht, wenn die beiden Schwimmenden das Schlauchboot über eine Welle
schieben.

»Weißt du noch, als wir schwimmen lernen sollten?«, fragt Cora.

Es ist Sommer. Unsere älteren Cousins sind zu Besuch und rudern an einem glühend heißen Nachmittag mit uns auf den See. In der Mitte angekommen sagen sie uns, dass sie uns jetzt ins Wasser werfen werden, denn das sei der einzig wahre Weg, um schwimmen zu lernen. Sie lachen, und die Sonne glitzert tausendfach auf dem Wasser.

Ich wehre mich mit Händen und Füßen, ich schreie vor Zorn über ihre Bösartigkeit und Brutalität. Aber Cora hat einen anderen Plan. Ich sehe sie springen. Und sie war weg. Das Wasser kam zur Ruhe, endlos lang waren die Sekunden, die Frösche begannen wieder zu quaken. Und die Cousins sagten gar nichts mehr. Sie sprangen ins Wasser, aufgeregt riefen sie Coras Namen, tauchten und japsten und suchten nach ihr unten im Wasser.

»Die dachten wirklich, wir können nicht schwimmen!«

»Du hast es ihnen gezeigt«, sage ich zu Cora. So war die große Schwester, wenn sie die Hexe fest im Griff hatte. Aber diese Momente sind selten geworden. Zu sehr ist Cora damit beschäftigt, sich zu schützen.

»Und wenn wir nächstes Mal einfach zusammen springen?«, frage ich gedankenverloren. Meine große Schwester guckt mich an. Ich möchte zu ihr sagen: Wenn doch deine alte Unberechenbarkeit wieder da wäre, dann könntest du sie einsetzen, um irgendetwas loszutreten. Wenn es doch eine Möglichkeit gäbe, diese blöde Hexe loszuwerden! Dann musst du nicht mehr übervorsichtig sein, dann kannst du loslaufen wie alle anderen auch. Dann kannst du dich wieder auf dich selbst verlassen.

Eine Ahnung steigt in mir auf. So oft habe ich darüber nachgedacht, Cora sich selbst zu überlassen in den Momenten ihrer Aussichtslosigkeit. Einfach nicht ans Telefon zu gehen, einfach nicht für sie da zu sein. Ich höre die Hexe selbstzufrieden und bösartig kichern. Das gefällt ihr. Dieser Gedanke macht sie wie immer stark. Sie findet sich unersetzbar. Aber mit meiner vielleicht allerletzten inneren Kraft bin ich jetzt bereit und hole aus, ich schlage die Kellertür mit aller Kraft zu, genau jetzt, als das Kichern schon zu einem dröhnenden Kreischen geworden ist. Denn jetzt verstehe ich, dass es gar nicht darum geht. Denn natürlich werden wir immer zusammengehören. Das ist ein felsenfestes Gefüge – das kann nicht einfach so auseinandergenommen werden. Das sind wir, damals und heute.

Die Hexe verstummt. Sie soll still sein. Denn dieses Ganz oder gar nicht, das sie fordert, das gibt es nicht! Ich lache auf. Robbie schaut mich prüfend an.

Denn Cora ist ja auch ein Teil von mir, all die Leichtigkeit und den Übermut, den verdanke ich doch meiner großen Schwester. Und unsere Kindheit ist unsere gemeinsame Kraftquelle. Wir haben es zusammen geschafft, uns aus dem starren Gefüge zu lösen.

Ich merke es, als ich mich umdrehe. Wir liegen direkt über dem Wasser. Das Schlauchboot verliert Luft. Ich sage nichts. Es ist ja auch bloß die eine Luftkammer, denke ich. Ein Schlauchboot kann sehr gut mit weniger Luft schwimmen. Dafür hat es ja mehrere Luftkammern. Das hat gar nichts zu bedeuten, außer, dass wir es nicht zu sehr belasten sollten. Ich lasse mich ins Wasser gleiten und helfe Tom und Bulle beim Schieben.

Die Beine treten automatisch. Das Ufer ist jetzt in erreichbare Entfernung gerückt. Man erkennt die Kiefern, die oberhalb der Böschung aufgereiht wie Pinsel ihre Äste in den farbigen Himmel strecken. Der Wannsee gibt sich versöhnlich, wenn auch etwas ungeduldig. Er will uns nicht länger dahaben. Wir stören seine Makellosigkeit. Er ist jetzt beinahe glatt, nur ein zartes Kräuseln verrät seinen ewigen Lauf, und er lässt den Himmel und die Sonne auf dem Wasser widerscheinen wie in einem Spiegel. Zart schwebt eine kleine orangene Wolke auf seiner Oberfläche. Hier verschmelzen das Oben und das Unten, Luft und Wasser werden zu einer Einheit und ergeben einen gemeinsamen Sinn.

Es darf keine Panik ausbrechen. Panik ist die größte und schnellste Todesursache bei Katastrophen. Menschen können viel aushalten, sie können, glaube ich, bis zu fünf Tage ohne Wasser überleben und ziemlich lange ohne Essen, aber wenn sie in Panik geraten, dann handeln sie nicht mehr rational, dann sind sie nicht mehr zurechnungsfähig, dann verpulvern sie ihre letzten Reserven, dann sind sie verloren. Wie zum Beispiel die Schiffbrüchigen auf einem Floß, von denen ich gelesen habe. Sie sind in Panik geraten und haben ihren gesamten Wasservorrat ins Meer gekippt. Aus irgendeinem nicht nachvollziehbaren, irrsinnigen Grund. Um leichter zu werden vielleicht. Jeder, der ein paar Bücher gelesen hat, kennt die Geschichten. Schiffbruch ist ein beliebtes Motiv. Also muss, wer liest, einigermaßen Bescheid wissen über Schiffbruch. Dachte ich zumindest. Es stimmt, es gibt Stimmungen und sogar Sätze, die ich erinnere. So wie bei »Lord Jim« von Joseph Conrad.

Sein Schiff geriet in einen Sturm, und er war so unendlich verzweifelt und voller Zorn darüber, weil es die »hochherzige Bereitschaft, das Leben zu wagen«, zerstörte.

Die hochherzige Bereitschaft, das hatte mich beeindruckt, das habe ich mir gemerkt oder vielmehr das Wort hochherzig, das so viel Sehnsucht ausdrückt, so viel, wofür es sich zu leben lohnt, wie ein großer leuchtender Saal voller Schönheit, der allen offen steht.

Katastrophen fordern uns heraus. Sie überraschen uns – das ist ihr Element. Sie durchkreuzen jeden Plan – das ist ihr Ziel. Oder wie Tom vorhin irgendwann gesagt hat: »Niemand hätte es aufhalten können.«

Aber es gibt auch die andere Seite.

»In den Büchern ist der Schiffbruch immer ein Motiv für einen Neuanfang«, beginne ich. »Das ist fast schon ein bisschen abgenutzt.«

Cora nickt. »Oder sogar Umkehr«, stimmt sie ernst zu. »So wie bei der Schildhornsage hier vom Wannsee.«

»Och nö«, Bulles Stimme klingt schwach, aber er versucht noch mit der letzten Kraft, uns aufzuheitern.

»Nich noch so 'ne Horrorgeschichte. Dit halt ick nich aus! Die Nixe hört doch noch zu …!«

Cora lächelt. »Nein, dieses Mal keine bösen Mächte. Eher Mann gegen Mann. Der Slavenfürst Jaxa war auf der Flucht vor Albrecht dem Bären, der Brandenburg eroberte. Dort drüben am anderen Ufer stürzte er sich mit seinem Pferd in die Havel und schwamm um sein Leben.«

Ich blicke die anderen an. Ich sehe diese Gesichter, die ich besser kenne als mein eigenes. Ich kenne jede Form, jede Regung. Wir gucken uns alle an, wir können ja gar nicht anders. Um uns herum gluckert das Wasser ans Boot. Der Wannsee ist noch immer spiegelglatt, so spiegelglatt, wie er nur frühmorgens sein kann. Wir haben keine Kraft mehr, um uns gegenseitig Botschaften zu schicken von Antlitz zu Antlitz. Ich suche die Gesichter ab und wünsche mir, in ihnen ganz viel Hoffnung und Kraft zu entdecken. Doch stattdessen sehe ich sie vollkommen ausdruckslos, die nassen Haare kleben an den Köpfen, die Köpfe sind zu schwer geworden, sie liegen auf den Armen über den Knien oder an der Schulter des Nachbarn.

»Und dann, kurz vor dem Ertrinken, flehte er seine Götter an, ihn zu retten. Als nichts geschah und seine Kräfte weiter zu schwinden drohten, betete er zum verhassten Christengott – und wurde gerettet. Er kletterte ans Ufer, ließ sein Schild dort und bekehrte sich zum Christentum.«

»So, und jetzt hilft also nur noch Beten?« Bulle macht eine Pause. Ein paar lachen etwas gequält.

»Und dann – wie geht es dann weiter? Umkehr, Buße?«, hakt Marta nach.

»Neue Runde, neues Glück?« Bulle dreht sich um und hält Ausschau nach der Rettung von oben.

Ich will auch noch was sagen, aber ich kann es nicht mehr aussprechen, denn aus den Augenwinkeln sehe ich, dass dort, wo Bulle seine Arme aufs Schlauchboot legt, um sich auszuruhen, das Wasser sich fast schon lässig über den hinteren Rand gestülpt hat, als habe es genügend Milde gezeigt und beschlossen, dass jetzt aber mal Schluss ist.

Und jetzt, jetzt gibt es keinen Ausweg mehr, denn jetzt nimmt es seinen unaufhaltbaren Lauf. So wie der Jenga-Turm. Er bricht genau über uns. Er muss es ja. Denn das ist schließlich die Idee für das Spiel: Am Ende brechen sie sich Bahn, die physikalischen Kräfte, die Naturgesetze siegen über die unzureichenden Anstrengungen, die dicken Finger, die ungeschickt Stein um Stein prüfen, welcher vielleicht doch noch locker sitzt, welcher sich eventuell doch noch rausziehen oder durchschieben lässt. Und natürlich, es gibt immer wieder, bis zum Schluss, auch diese überraschenden Momente, die ungläubige Laute des Erstaunens aus den Spielenden hervorlocken, wenn sich doch noch einer findet, der ohne Gewicht zu tragen dazwischen sitzt und sich rausnehmen lässt, ohne den ganzen Turm zum Wackeln zu bringen. Aber am Ende, das weiß doch jeder, am Ende stürzt der Turm ein.

X

Noch nicht das Ende der Nacht

Es konnte natürlich nicht unbemerkt bleiben.

»Keine Luft mehr«, höre ich Claire sagen. Ihre Stimme klingt ungläubig. Ich beginne lautstark das Seefahrerlied zu singen, Tom und Bulle stimmen mit ein. Die Panik darf nicht die anderen erreichen. Claire muss damit alleine fertigwerden. Der Himmel wird heller, gegen die Panik hilft vielleicht nur eins: Übermut.

Jona hat gesagt, die Erwachsenen nehmen Kinder nicht ernst. Andere Kinder hingegen verstehen Jona sofort. Sie haben einen intuitiven Zugang zu Jonas Ängsten. Aber sie können ihm nicht helfen. Und die Mütter der anderen Kinder wollen nicht, dass ihre Kinder mit Jona befreundet sind. Ein schwieriges Kind, sagen sie, und: Er hat es nicht leicht. Ihre Stimmen klingen mitleidig und auch ein bisschen ängstlich. Denn Jona ist ein Störer. Er stört die Harmonie. Und ich kann sie verstehen, die anderen Mütter. Wer will schon gerne hören, dass es keine Harmonie geben kann.

Im Lockdown wurden Jonas Albträume schlimmer. Sie waren körperlich, Jona bekam keine Luft mehr, schwitzte, schrie. Wir haben versucht, ihn aufzuwecken, aber es war kaum möglich. Er trat um sich, er durchstand Höllenqualen. Claire, Peer und ich saßen um sein Bett und konnten nichts machen. Wir versuchten es mit Körperkontakt, Streicheln, Umarmen, doch er war wie besessen. Es war uns klar, was er verarbeitete: Die ganze gespielte Harmonie und dahinter dies unfassbare drohende Unheil.

Die Sicherheit ist eine Illusion.

Und niemand gibt es zu.

»Elias!«, schreit Marta jetzt und schüttelt ihn. »Tu was!«

Elias reißt sich los und steht auf, das Schlauchboot schwankt, und Elias schwankt mit, in der Hand hält er die leere Whiskeyflasche, er kann die Worte kaum noch artikulieren, so betrunken ist er, sie sind eine einzige schwammige Soße. »Jaaaa, strampelt ruhig, das hilft doch alles nichts! Genauso wenig wie euer Predigen, euer gottverdammtes scheiß Predigen!« Er schwankt gefährlich, und Tom versucht ihn wieder ins Boot runterzuziehen. Elias stößt Tom von sich und sagt mit verstellter höhnischer Stimme: »Wir machen Urlaub in Brandenburg, wir essen nur noch aus der Biokiste, wir fahren doch kein Auto mehr!! Und wer nicht mitmacht, ja was? Der wird gedisst! Huu, Ich bin sooo böse, weil ich fliege! NA und? Dann geht die Welt halt unter! Passiert sowieso irgendwann. Oder denkt ihr, ihr habt eine Chance? Eine klitzekleine Chance, was daran zu ändern? Mit Fahrradfahren und Veggie-Wurst?«

Jetzt packt Tom Elias an den Schultern und versucht

ihn runterzudrücken. Elias wehrt sich, sie verhaken sich, sie kippen um, auf die anderen drauf, Elias schreit und grölt und schlägt auf Tom ein, der sich zu wehren versucht, er klammert sich an das Boot und zieht es mit sich – da packt Robbie die Whiskeyflasche, haut sie Elias auf den Kopf. Erst zaghaft, dann stärker, das Geräusch ist nicht schön, aber es hilft. Elias sackt zusammen.

Gleichzeitig bemerke ich Claire. Ihre Panik ist stärker geworden, sie hat es nicht geschafft, sie zu überwinden, sie schwimmt einfach drauflos. Tom und ich schwimmen hinterher, um sie zurückzuholen, sie wehrt sich, sie schreit, wir nehmen sie zwischen uns, wir halten sie irgendwie zwischen den Armen, sie wimmert nur noch, wir blicken uns über ihren Kopf hinweg an.

Die anderen sind jetzt alle im Wasser, das Schlauchboot hat fast die ganze Luft verloren, es war wohl doch mehr als nur die eine Kammer. Vorne ist noch ein letztes Luftpolster geblieben, darauf liegt Elias, immer noch bewusstlos, die anderen schieben ihn.

Und der Wannsee? Er leuchtet umso intensiver, eine unübertreffliche Morgenidylle will er dagegenhalten gegen den Kampf dieser unbedeutenden Gruppe von Lebewesen, die zufällig mitten hinein geraten ist in den ewigen Kreislauf von Tag und Nacht. Er kann nicht innehalten, kann keine Rücksicht nehmen, er überlässt sie sich selbst.

»Wenn wir langsam schwimmen«, sagt Tom, »dann schaffen wir es.«

Ich kann nichts erwidern. Ich habe Wasser verschluckt, viel Wasser. Mein Magen rebelliert, so steht es ja auch immer in den Katastrophenberichten. Und er hält sich dran. Ich muss mich übergeben, während ich schwimme und Claire stütze, so gut es geht. Ich würge und würge, es kommt nichts mehr, aber ich muss immer weiter würgen.

»Los, Lotte«, sagt Tom, nein, fleht er mich an, »wir konzentrieren uns auf uns, die anderen schaffen es auch, in weniger als einer Viertelstunde sind wir dann alle am Ufer. Denk an die Zeit, es sind einzelne Minuten, sie verstreichen, eine nach der anderen, Claire, hörst du, eine Minute löst die andere ab, es geht weiter, es wird gut.«

Ich spüre, wie Claires schlaffer Körper langsam wieder etwas Spannung bekommt, ihre Füße bewegen sich, sie schluchzt laut heraus. Ich gucke Tom an. Ich gucke Claire an. Ich gucke zu den anderen, wie sie kämpfen gegen das Aufgeben: Bulle, Marta, Cora und Robbie und Elias.

Es wird wieder Nacht.

Ich spüre, wie ich gehalten werde, ich werde leicht, ich bin im Garten, ich kann ihn riechen, es ist ein Duft von warmer Erde, von Kräutern, Blumen und von Himbeeren.

Und die Welt steht still.

XI

Das Ende der Nacht

Die Rettungsdecken knistern, wenn sie sich bewegen.
Sie funkeln in der Morgensonne. Goldene Wesen.
Königinnen der Nacht. Hocken da, am Straßenrand.
Das Blaulicht unter den grünen Bäumen stört
stumm die Unschuld des Morgens. Aber es sagt
auch immer wieder und wieder mit jedem einzelnen
Blink Blink Blink: Ihr seid gerettet. Habt ihr
verstanden? Es war knapp. Dieses Mal war es knapp.
Haben sie verstanden?

Claire und ich betreten die Brücke oberhalb der Schienen, die S-Bahn fährt unter uns weiter, ihr immer höher werdender Summton durchbricht die Stille. Die Stadt schläft noch, sie hat diese Nacht komplett verschlafen, sie wird uns nicht glauben, wenn wir ihr von unserem Schiffsunglück erzählen. Ein Boot geht doch nicht einfach so unter, wird sie sagen. Doch, werden wir sagen und heftig mit den Köpfen nicken: Einfach so.

Sie wird es nicht verstehen.

Die tiefe Sonne knallt uns in die Augen, sie will uns blind machen. Der Morgen ist trügerisch. Er will uns weismachen, dass alles ok ist. Dass alles unter Kontrolle ist. Dass jeder neue Tag ein Neuanfang ist. Morning has broken, säuselt er. Doch ich traue ihm nicht über den Weg. Denn wir tragen die Ahnung in uns, die Angst, die unsagbare Angst. Und in diesem Moment, als ich wie immer von der Brücke aus schon mit dem Blick den Balkon im 4. Stock suche, kann ich eine Bewegung auf unserer Balkonbrüstung ausmachen. Ich brauche eine Weile, um zu verstehen, dass die Bewegung großflächiger war, als dass ich sie sofort wieder vergessen dürfte. Das war kein Vogel aus Peers großem gezimmerten Vogel-Futter- und Nistplatz. Oder eine Katze? Die gibt es nicht in unserem Haus. Da setzt mein Herz aus, neben mir rennt Claire, und ich renne, ich verspreche tausend Versprechungen, ich sehe im Laufen wie Jonas dünner Körper auf dem Geländer thront, bitte nicht bitte nicht bitte nicht, ich renne über die Brücke, ich renne und renne, das Haus, die Treppen, zum Glück kenne ich jede einzelne Stufe, jeder Handgriff in den Kurven auf dem Geländer sitzt, ich schluchze laut auf. Es wird gut werden, das weiß ich, und jetzt weiß ich es wieder: Das war es, was ich noch hören wollte von meiner Großmutter. Denn das war es, was sie uns Kindern beigebracht hat. Davon war sie felsenfest überzeugt, und das hat ihre und unsere Angst hinweggefegt: Ihre Zuversicht.

Ich stehe vor der Tür, ich suche den Schlüssel, die Welt steht still. Wieder einmal. Doch dieses Mal geht es um alles.

Es ist so verführerisch: Man könnte es einfach laufen lassen, einfach loslassen. Dann könnte man sich zurücklehnen. Alles ist ja vergänglich, alles verrinnt. Und alles, was eingreifen will, ist folglich umsonst. Der Gedanke tut gut, er lässt mich ruhig werden. Ich atme. Ich fülle meine Lungen mit Luft, mein Herzschlag wird ruhiger. Doch in dem Moment, als ich die Tür öffne, weiß ich, dass er eine Lüge war, der Gedanke. Meine Großmutter, da bin ich sicher, würde ihn nicht durchgehen lassen. Ein nasser Schwamm, das waren auch ihre Worte einmal gewesen – das gleiche Bild, das Claire vorhin im Boot benutzt hat, denke ich. Man ist nichts mehr als ein nasser Schwamm, hat meine Großmutter einmal zu uns gesagt, wenn man nichts mehr will. Ein Schwamm, der immer schwerer und schwerer wird, der sich vollsaugt und am Ende zu nichts mehr zu gebrauchen ist. Wenn du uns eine Sache mit deiner Vehemenz beigebracht hast, dann dies: Man muss sich einmischen! Es ist nicht der Strom der Dinge, dem wir uns unterordnen müssen, sondern es ist unsere Bestimmung, zu handeln und etwas zu bewirken.

Ich atme und betrete die Wohnung. Es wird gut, wir werden einen Weg finden, für jeden von uns, zusammen.

Es ist nicht zu spät.

Die Autorin

Lucia Jay von Seldeneck lebt und arbeitet als freie Autorin in Berlin-Kreuzberg.

Von Lucia Jay von Seldeneck sind fünf Berlin-Bücher in der Reihe »111 Orte« im Emons Verlag erschienen sowie drei Bücher mit Kurzgeschichten beim kunstanstifter Verlag.

Komm tanzen! ist nach *Weltfrieden* ihr zweiter Roman bei GOYA.

Lucia Jay von Seldeneck
Weltfrieden

Gut zehn Jahre nach der Wende soll der Weltfrieden verkauft werden. Der Kindergarten des alten Laborwerks am See steht seit Jahren leer. Die Nachricht verbreitet sich schnell in dem brandenburgischen Dorf – und weckt Erinnerungen an damals, jahrelang unterdrückte, taumelschwere Erinnerungen an ein altes Leben und längst vergessene Träume. Während die ehemaligen Mitarbeiter Erika und Hermann Grüning das Grundstück entrümpeln, stoßen sie auf Fundstücke, die offenlegen, dass der Treuhandabwickler sich an dem damaligen Werksverkauf bereichert hat. Die Beweisstücke wecken den verloren geglaubten Gemeinschaftsgeist in der alten Belegschaft – und völlig unvermittelt ergibt sich für sie die Chance, den Lauf der Dinge zu ändern.

Kann man eine Vergangenheit ruhen lassen, die keine Ruhe gibt? *Weltfrieden* untersucht diese Frage feinfühlig und beobachtungsstark – und überwindet dabei die Klischees der Abgehängten und Wendeverlierer.

»Ein so fulminantes wie berührendes Husarenstück aus der brandenburgischen Provinz. Lesen und mitfeiern!« *radioeins, die Literaturagenten*, Gesa Ufer

»So ist die Wende noch nicht erzählt worden. Mit glaubhaften, liebenswerten Protagonisten, die einen dritten Weg zwischen Weggehen und Resignation suchen. Ein Aufbruch in späten Jahren, der zugleich eine Rückkehr ist.« *RBB Kultur*, Franziska Walser

Hardcover · ISBN 978-3-8337-4556-0
E-Book · ISBN 978-3-8337-4624

MP3-CD · ISBN 978-3-8337-4559-1
Gesprochen von Anna Thalbach

Ela Meyer
Es war schon immer ziemlich kalt

Drei Freunde Ende zwanzig: Insa, Hannes und Nico sind gemeinsam in einem friesischen Kaff aufgewachsen und auch nach ihrer Flucht aus der Provinz beste Freunde geblieben. Sie sind unzertrennlich und erzählen sich alles – eigentlich. Doch plötzlich häufen sich die Geheimnisse voreinander. Ihre Zukunftspläne scheinen nicht mehr zusammenzupassen: Hannes will zurück ins Dorf und die Werkstatt seines Opas übernehmen, Nico hat sich in eine Frau verliebt, die ein Kind erwartet, und Insa treibt weiter orientierungslos vor sich hin. Ihre einst unzertrennliche Gemeinschaft droht, auseinanderzubrechen. So unternehmen sie eine letzte große gemeinsame Reise. Zum Soundtrack von Django Reinhardt über ...But Alive bis Team Dresch fahren die drei Freunde unaufhaltsam auf die Weggabelung des Erwachsenwerdens zu, die ihre Leben in verschiedene Richtungen führen wird.

Eine Geschichte über den aufwühlenden Wandel einer Jugendfreundschaft und das Ende einer gemeinsam verbrachten Lebensphase. Ela Meyer erzählt ebenso unterhaltsam wie berührend.

»Inwiefern können Freundschaften fehlende Familie ersetzen? Dieser Frage geht Ela Meyer in ihrem ersten Roman nach.« Heidi Scharvogel, *NWZ*

»Sie schreibt ganz toll, Ela Meyer. Das rührt einen zutiefst an.« *NDR*-Podcast *Die Bücherwelt*, Margarete von Schwarzkopf

Klappenbroschur · ISBN 978-3-8337-4456-3
E-Book · ISBN 978-3-8337-4472-3

Digital-Only · ISBN 978-3-8337-4498-3
Gesprochen von Rosa Thormeyer

Gina Schad
Nach einem Traum

Marie hat sich in Simon verliebt, und Simon sich in Marie. Aber Simon ist verheiratet und versucht, der körperlichen Anziehung zu widerstehen - dennoch finden sie eine Möglichkeit, sich einander nahe zu fühlen: im digitalen Raum.

Die beiden schreiben sich intensive Nachrichten. Mit der Zeit steigert sich Maries Sehnsucht nach Simon, nach Intimität, nach Kontrolle zu einem fieberhaften Bedürfnis. Immer tiefer taucht sie in den sozialen Medien in sein Leben ein und verliert dabei ihr eigenes aus dem Blick. Ihre Karriere als Cellistin und ihre Freundschaften treten hinter dem Bedürfnis zurück, nach versteckten Botschaften von Simon in seinen Stories und Posts zu suchen. Auch der Versuch, eine Beziehung mit dem musikbegeisterten Philipp einzugehen, scheitert. Als Simon den Kontakt abbricht, fällt es Marie noch schwerer, loszulassen. Bald ist sie nicht mehr nur regelmäßig auf Simons Profil unterwegs, sondern auch auf denen seiner Frau und seiner Kinder. Marie bemerkt die Grenzüberschreitung und versucht, sich abzulenken, doch es ist wie verhext: Jedes Mal, wenn sie gerade etwas Distanz zu Simon bekommt, läuft sie ihm zufällig über den Weg. Oder sind ihre Begegnungen gar nicht so zufällig?

»Diese Erzählung ist deswegen so beeindruckend, weil es Gina Schad gelingt, eine Beziehung zu beschreiben, die im Grunde keine ist, und das so intensiv und ehrlich, dass sicher die meisten von uns beim Lesen einen Kloß im Hals haben werden, weil wir das, was Marie erlebt und was sie macht, irgendwie kennen.«
Deutschlandfunk Nova, Lydia Herms

Hardcover · ISBN 978-3-8337-4612-3
E-Book · ISBN 978-3-8337-4608-6

Digital-Only · ISBN 978-3-8337-4607-9
Gesprochen von Rosa Thormeyer